BU

Biblioteca Uni

Giuseppe Berto

Anonimo Veneziano
Con una presentazione inedita dell'Autore

Proprietà letteraria riservata
© 1976, 1997 R.C.S. Libri & Grandi Opere S.p.A., Milano
© 2005 RCS Libri S.p.A., Milano

ISBN 88-17-00643-2

Prima edizione BUR: marzo 1976
Prima edizione Superbur: febbraio 1997
Prima edizione BUR Scrittori Contemporanei: aprile 2005

Per conoscere il mondo BUR visita il sito **www.bur.rcslibri.it** e iscriviti
alla nostra newsletter (per ulteriori informazioni: **infopoint@rcs.it**).

PRESENTAZIONE DI "ANONIMO VENEZIANO" A TEATRO (1978)
di Giuseppe Berto

Il grande successo ottenuto dal film *Anonimo Veneziano* aveva finora tenuto in ombra, in Italia, l'opera letteraria dalla quale Enrico Maria Salerno aveva ricavato la sua celebre opera cinematografica. Ora l'opera letteraria – un dramma in due atti pubblicato dall'editore Rizzoli nel 1971 – arriva alla sua naturale destinazione: il palcoscenico.

È un'operazione non priva di rischi. Infatti, in un tempo in cui la violenza tende a ridurre sempre più il margine della comunicazione, in cui si aggredisce e si offende piuttosto che parlare, in cui nei teatri si è venuta affermando la moda di esprimere a gesti e a pose l'erotismo e non l'amore, mettere in scena un lavoro come *Anonimo Veneziano* – basato esclusivamente sulla parola, sui sentimenti, sulla semplicità e l'intimità – significa andare controcorrente, proporre provocatoriamente l'individuo – il vinto, con le sue angosce, risentimenti, ambivalenze – come simbolo della vicenda umana. Il significato finale del dramma potrebbe essere semplicemente questo: che al di sopra delle ideologie, oltre tutto ciò che ci impegna ed esalta, ci esaspera e nevrotizza, c'è il problema della fine, che ci conviene affrontare con umiltà, carità, misericordia. E, ultimamente, in solitudine.

Anonimo Veneziano, coi suoi temi, contrappunti, motivi e frasi ricorrenti, può essere paragonato ad un concerto di musica da camera. Un settecentesco concerto per oboe e archi è effettivamente il supporto della vicenda, che ha per protagonisti un uomo, una donna e Venezia, una città che sta patendo un destino singolarmente umano, cioè torna a essere fango. Ma il concerto non giunge alla fine, s'arresta all'Adagio, il suo momento più elegiaco e appassionato. L'uomo, la donna, la città e la musica si legano sempre più nel corso della storia, dato che l'uomo, prossimo a morire, ha bisogno della donna, della musica, della città, per esorcizzare l'antico terrore della fine, per mitigarlo col senso di compassione che ricava da chi potrà ricordarlo, continuarlo, o solo accompagnarlo all'ultimo passo.

Il dramma è notevole perché con tecnica e linguaggio estremamente semplici raggiunge straordinarie profondità. Il suo autore, attraverso la nevrosi da angoscia e la psicoanalisi, ha raggiunto la convinzione che la condizione umana sarebbe assolutamente inaccettabile se non la si deformasse con un po' d'umorismo. In questa sua opera, che parla dell'accettazione della morte, i momenti più crudi e crudeli sono sempre addolciti dalla commozione, e per il resto il dialogo scorre perfino sul filo della suspence, ed è vivace, ironico, a tratti addirittura divertente. E può essere recepito a vari livelli, perché le cose dette, sufficiente sostegno per la comprensione, sono soltanto il mezzo per comunicare altre, e più importanti, cose che vengono taciute: le parole dicono poco, significando molto.

Nel 1976, *Anonimo Veneziano*, fu rappresentato a Parigi, al Petit Odéon. In quell'occasione, Pietro Calabrese scrisse sul *Messaggero*: «Giuseppe Berto ha un modo tutto suo di parlare della morte. La studia, la accarezza, le fa la corte, si lascia travolgere, accetta, paziente, la sconfitta finale. La sua favola teatrale sulla morte solitaria è, in questo senso, esemplare... La storia è quella di un uomo, condannato a morte da un male incurabile al cervello, e di una donna che si ritrovano dopo essersi amati (molto e male) otto anni prima. Ambientata sapientemente in una Venezia in disfacimento, la vicenda è tutta racchiusa in questo incontro disperato tra due esseri che, pur continuando ad amarsi, non perdono occasione per ferirsi l'un l'altro, per farsi male, per continuare un assurdo gioco di lacerazioni morali. Come in tutte le opere di Berto, scrittore solitario e poco amato, i temi trattati sono quelli del tempo e della morte, cioè i due problemi che ognuno è costretto ad affrontare e risolvere da solo. La ricerca della verità – attraverso i dialoghi dello scrittore e l'interpretazine degli attori – passa per i dolorosi circuiti della nevrosi e della psicoanalisi e viene effettuata senza timore, con la coscienza di un palombaro dell'anima, di uno speleologo del cervello. Alla fine di questa ricerca, nessuno vince e nessuno perde. Semplicemente, si muore».

Questo testo, conservato nell'Archivio Berto e riprodotto qui per gentile concessione delle eredi consta di due cartelle dattiloscritte, numerate in alto a destra, con interventi autografi di mano dello scrittore.

Il testo è suddiviso in quattro paragrafi, e le correzioni manoscritte consistono in due aggiunte di singole parole: l'avverbio «esclusivamente» nel passaggio «basato esclusivamente sulla parola», al paragrafo 2; e il sostantivo «le parole» nel passaggio «le parole dicono poco, significano molto», alla fine del paragrafo 3.

CRONOLOGIA DI "ANONIMO VENEZIANO"

Una sceneggiatura scritta a Cortina

Nel 1966 Giuseppe Berto vive, da oltre un anno, a Cortina d'Ampezzo. Si era trasferito con la famiglia, alla ricerca di pace e di concentrazione, dopo il periodo, fittissimo di impegni, conseguente al successo del *Male oscuro*, uscito nel 1964 e vincitore, in contemporanea, dei premi Viareggio e Campiello. A Cortina, Berto frequenta i salotti letterari: è loquace, spiritoso, ricercato; incontra spesso scrittori (Buzzati, Parise, Zanzotto, Piovene), giornalisti (Indro Montanelli) e belle signore. Un giorno, incontra anche Enrico Maria Salerno, attore e regista, che gli propone un'idea, anzi una storia, ambientata a Venezia. È una vicenda d'amore di morte, che ha per protagonista un uomo malato di cancro e la sua ex moglie che, troppo tardi, lui si accorge ancora di amare. Salerno dichiarerà, qualche anno dopo, in un'intervista: «L'idea è nata da un ricordo di mia madre, che era violinista, e che a diciott'anni si era innamorata di un altro suonatore. Lui morì dopo un anno. Questo pensiero del primo amore di mia madre mi aveva appassionato da sempre» (L'*Avanti*, 6 aprile 1971).

Berto è attratto, in un primo tempo, soprattutto dall'ambientazione veneziana. Ma la storia offre anche a lui la possibilità di approfondire temi autobiografici, legati alla nevrosi e alle esperienze del rapporto di coppia: «La mia situazione l'ho trasferita in *Anonimo Veneziano*, storia di due coniugi che si amano e si dilaniano. Naturalmente non è che *Anonimo Veneziano* sia un dramma autobiografico, ma tutti gli scrittori finiscono per attingere alle proprie esperienze. Del resto anche i rapporti molto contrastati possono essere rapporti d'amore» (intervista a *Oggi*, 27 maggio 1972).

Berto scrive dunque, in collaborazione con Enrico Maria Salerno, a Cortina, tra il '66 e il '67, la sceneggiatura per un film. Così lo scrittore ricorda, nell'introduzione alla prima edizione a stampa di *Anonimo Veneziano* (Rizzoli, 1971), la genesi della storia:

La storia fu dunque subito la storia di due soli personaggi, un marito e una moglie da anni separati, e scrivendo le loro parole io immaginavo che lui sarebbe stato interpretato dallo stesso Enrico Maria Salerno, e lei da un'attrice non più giovanissima, né bella, ma molto sensibile: Ingrid Thulin, per esempio, o Emanuelle Riva, o la Girardot.

Trovato, con qualche fatica, un produttore, si avvia la lavorazione del film: il titolo è *Anonimo Veneziano*, la regia di Enrico Maria Salerno, ma i protagonisti, diversi da quelli dapprima immaginati dall'autore, sono Florinda Bolkan e Tony Musante. La scelta, inizialmente, disorienta Berto, che decide quindi di ritoccare la sceneggiatura per adeguarla all'immagine degli attori:

> Quando alla fine il film fu cominciato e mancava poco tempo all'inizio delle riprese, gl'interpreti divennero Tony Musante e Florinda Bolkan. Le cose, a mio avviso, mutavano parecchio, tanto che attraversai una crisi: convinto della bontà della stesura già esistente, mi dispiaceva cambiarla. Ma d'altra parte non sarebbe stato profittevole né forse possibile pretendere dalla Bolkan che interpretasse la parte d'una donna sfiorita […]. La protagonista divenne una donna giovane, molto bella ed elegante (ancora dall'introduzione ad *Anonimo Veneziano*, Rizzoli, 1971).

Il film viene distribuito nelle sale italiane nel 1970, e ottiene un grande successo, così come la colonna sonora, che regala diffusione internazionale al concerto per oboe e archi di un musicista del Settecento veneziano, Alessandro Marcello.

L'anno seguente Berto pubblica, presso Rizzoli, *Anonimo Veneziano. Testo drammatico in due atti.*

L'idea di trasportare la vicenda sulla pagina scritta era nata, come testimonia lo stesso autore nell'introduzione, prima ancora che la sceneggiatura fosse avviata:

> Anzi, siccome trovavo [nell'idea filmica proposta da Enrico Maria Salerno] fermento più per un lavoro teatrale che per un lavoro cinematografico, dissi che io avrei scritto soltanto i dialoghi, o meglio un solo lungo dialogo tra due personaggi, e mi accordai affinché questo dialogo rimanesse di mia proprietà, per la stesura di un dramma.

La stessa storia di Love Story?

Anonimo Veneziano, pubblicato in volume nel 1971, guadagna attenzione immediata: le vendite impennano, l'interesse della stampa è alto. Alcuni critici giudicano il breve testo addirittura superiore al *Male oscuro*: Geno Pampaloni parla di «delizioso minuetto», Giuliano Gramigna lo definisce il libro di Berto «più vivo e libero»; Giuseppe Prezzolini allinea gli aggettivi «tragico, conciso, essenziale, profondo; sentimentale, carino, umano, sentito, ironico». Anche critici più severi, come Enrico Falqui, propenso a limitare il risultato a un «esercizio di bravura», riconoscono la qualità della scrittura.

Parte della suggestione del testo è dovuta all'ambientazione veneziana, cui la critica assegna, da subito, un ruolo decisivo:

> A me pare che Berto abbia qui dato vita a una Venezia dei veneziani, inedita, o quasi, se si tien presente la recente letteratura del soggetto; una Venezia non scenario, bensì atmosfera di dramma, anzi dramma essa stessa. [...] C'è, soprattutto, l'amore matto dei veneziani (di quelli che sono veneziani per qualche cosa) per la loro città «bella da morire», la particolare nevrosi dei veneziani artisti, che contagia anche i non veneziani, se si chiamano, per esempio, Von Aschenbach. Berto insomma ci ha dato una Venezia (minore, certo; la nostra Venezia quotidiana) che finora era rimasta «anonima» come l'Anonimo Veneziano.
> Diego Valeri, *Il Gazzettino*, 16 maggio 1971

Una porzione significativa del successo si deve al pubblico femminile, da sempre, per lo scrittore, uno dei più fedeli: «Le donne! Se non ci fossero loro i miei libri non li leggerebbe nessuno. Quasi tutti i miei lettori sono lettrici, sono soprattutto le donne che mi leggono, seguono il mio lavoro, mi capiscono» (da un'intervista ad *Annabella*, 27 aprile 1971). È facile infatti rintracciare nella partitura sentimentale del dramma elementi che si riportano alle universali verità della vita di coppia. In questo senso si esprimono le molte recensioni comparse sui giornali femminili dell'epoca. Un esempio per tutti, da *Gioia* del 21 maggio 1971:

> *Anonimo veneziano* si rivolge a un pubblico vasto [...] per l'interesse che ha per tutti noi la situazione dei due protagonisti, il problema sociale che prospetta: la crisi di un matrimonio, la difficoltà di creare in una unione coniugale un vincolo effettivamente valido e capace di resistere al tempo, i misteriosi abissi del cuore umano per cui due persone che si amano come i due protagonisti, si lasciano e si feriscono a vicenda.

Ulteriore risonanza acquistano i temi delle difficoltà coniugali in un'Italia dove è accesissimo il dibattito a proposito della legge sul divorzio, che sarà promulgata nel dicembre 1971.

Ma un altro aspetto collabora, in modo significativo, al successo commerciale di *Anonimo Veneziano*, e rappresenta uno spunto di riflessione costante per i commentatori e i critici interessati ai risvolti sociali della ricezione letteraria. Nel 1970 era stato pubblicato in America, col titolo *Love Story*, il romanzo di un giovane professore di Yale, Erich Segal, che raccontava la storia di un amore troncato dalla morte. Il libro (cento pagine appena) aveva venduto negli Stati Uniti 14 milioni di copie nei primi 14 mesi di vita. Tradotto in 23 lin-

trasformato, nello stesso 1970, in uno dei film più visti del decennio (anche grazie alla colonna sonora, ripresa in tutto il mondo), *Love Story* si trasforma da subito, inevitabilmente, in un termine di confronto con il testo di Berto, e il rapporto tra i due libri innesca una serie di riflessioni, soprattutto concentrate sull'impatto dirompente di trame ad alta temperatura emotiva in anni di primato della saggistica impegnata. Il romanzo di Segal condensava in pagine agili, dal linguaggio immediato e giovanilistico, una storia lacrimosa, fondata sul classico binomio amore-morte. E con la sua commistione di «lacrimucce e parolacce» (la definizione è di Claudio Gorlier) imprimeva alla narrativa degli anni a seguire una spinta decisiva verso quella che è stata definita da più parti «la riscoperta dei sentimenti».

L'accostamento con *Anonimo Veneziano*, come tutte le voci critiche non mancano di specificare, è valido a un livello puramente esteriore: due libri brevi, che parlano di sentimenti, e di sentimenti forzati a confrontarsi con il dramma estremo della morte della persona amata. E, naturalmente, libri legati a film, e a film dove la colonna sonora gioca un ruolo determinante nel definire l'atmosfera emotiva. Di ben altro livello, per universale consenso, la serietà della ricerca letteraria di Berto, e la sua maestria stilistica. Ma la tentazione di spiegare il secondo successo col primo è irresistibile. Due stralci, tra i moltissimi della stampa d'epoca:

Uscendo [dalla presentazione del film *Anonimo Veneziano*] sento un direttore editoriale che dice a un collega: «Hanno imparato la lezione di *Love Story*. Certo, un ritorno ai sentimenti come nel romanzetto di Segal. Ma anche la brevità di *Love Story*: sono 73 pagine di dialogo. Interessanti e ben scritte. La gente di oggi ha fretta. Si venderà come i panini».
Pietro Bianchi, *Il Giorno*, 4 aprile 1971

I punti in comune tra le due opere sono veramente sorprendenti, al di là della differenza di stile e di «genere»: ambedue sono nello stesso tempo all'origine e derivano dai rispettivi ed omonimi film di successo, ambedue sono molto brevi, ambedue hanno alla base i binomi amore-morte e romanticismo-spregiudicatezza […], ambedue infine hanno quel po' di contestazione che basta specie nei confronti del matrimonio.
Gianfranco de Turris, *La Nuova Tribuna*, giugno 1971

Su un altro piano sposta il dibattito l'autore stesso, impegnato, anche su sollecitazione degli intervistatori più attenti, a definire il tono sentimentale della sua ricerca letteraria:

In me ci sono delle forti componenti romantiche: quando mi dicevano che sono un neorealista, io dicevo che sono un neoromantico. Il rapporto tra l'uomo e la donna di *Anonimo Veneziano* è ricavato dalle mie esperienze personali. Se poi io sono portato a vedere pateticamente le mie vicende, non è colpa mia ma della mia struttura caratteriale, che d'altra parte non vedo nessuna necessità di modificare. Non è certo un impulso intellettualistico di ritorno all'800 che mi muove, se mai la consapevolezza che l'autocompassione è un'efficace maniera di sbloccare sia pur temporaneamente la nevrosi.

Intervista a Luigi De Simone,
La Fiera Letteraria, 7 marzo 1971

Un altro aspetto che sta a cuore all'autore è la difesa dell'autonomia del testo letterario rispetto al film. Su questo punto è infatti impostato il risvolto di copertina (autografo, come prova una pagina dattiloscritta con interventi manoscritti di Berto conservata negli archivi Rizzoli) dell'edizione 1971:

Questo testo di Giuseppe Berto, che trova le sue radici negli stessi temi del film che egualmente si intitola *Anonimo Veneziano*, ha una sua autonomia artistica e casomai stimola ad un confronto – una volta tanto genuino – tra un genere antichissimo e semplicissimo qual è il dialogo e un genere nuovo qual è il cinema.

*La seconda edizione a stampa, il teatro
e la televisione*

Il dramma in due atti edito da Rizzoli nel 1971 era la trascrizione teatrale della sceneggiatura di un film. Cinque anni dopo, nel 1976, Berto pubblica, ancora presso Rizzoli ma direttamente nella collana economica della BUR, un nuovo, e definitivo, *Anonimo Veneziano*, sotto forma di romanzo breve. L'idea della trasposizione narrativa viene, secondo il racconto dello stesso autore, dalla versione inglese del volumetto del 1971: lì la traduttrice, manovrando ingegnosamente le didascalie del testo italiano, aveva, come nota Berto, «trasformato il dramma in racconto». A ottenere questo risultato si impegna allora lo stesso autore, nella sua stessa lingua. È un impegno felice: «in vita mia non mi ero mai così abbandonato al tormentoso piacere di permettere ai pensieri di cercarsi a lungo le parole più appropriate».

Il nuovo libro, sottolinea Berto nella *Prefazione*, presenta differenze radicali rispetto alla prima edizione:

> Il dialogo è rimasto press'a poco com'era, ma le scarne didascalie sono diventate brani narrativi, scritti con fatica e puntiglio e ambizione, per raggiungere un approfondimento psicologico dei personaggi che il solo dialogo non consentiva, e per stabilire tra il protagonista che sta morendo e la sua

città che sta morendo insieme a lui, un più pietoso legame.

La vicenda continua oltre la pubblicazione del romanzo breve, e *Anonimo Veneziano* approda, dopo il cinema e la pagina scritta, al teatro. Un primo allestimento, in versione francese, viene presentato a Parigi, all'Odéon, nel 1976. Quindi, all'inizio del 1978, lo spettacolo, per la regia dello stesso autore, con Ugo Pagliai e Lorenza Guerrieri come protagonisti, debutta ad Arezzo e prosegue in *tourneé* a Venezia, nella provincia veneta e poi a Roma. Una registrazione realizzata durante le rappresentazioni romane verrà infine trasmessa alla televisione, sulla rete 1, subito dopo la morte di Berto, avvenuta nel novembre 1978.

PREFAZIONE ALL'EDIZIONE 1976

Hemingway diceva che uno scrittore, se è abbastanza buono, deve misurarsi ogni giorno con l'eternità, o con l'assenza di eternità. Io non posso giurare d'essere uno scrittore abbastanza buono, però la fatica di misurarmi con l'eternità o, peggio, con l'assenza di eternità, la conosco anch'io. Con questo voglio dire non che presumo di produrre ad ogni passo opere immortali, ma semplicemente che ho l'abitudine di lavorare con serietà e purezza di propositi, anche mirando al successo, com'è lecito, purché la ricerca del successo non comporti alienazione. Quindi, se mi accusano di furberìa, di venire a compromesso con l'industria culturale, io mi addoloro e mi offendo.

Quest'accusa mi fu abbondantemente riversata addosso nel 1971, quando *Anonimo Veneziano* fu pubblicato per la prima volta, in forma di dialogo diretto con qualche didascalia. Usciva al seguito di un film di grande successo – in effetti era il dialogo di quel film – e il sospetto che si trattasse di un'operazione commerciale fioriva spontaneo.

A peggiorare le cose, proprio in quel tempo, e in un clima di grande euforia consumistica, uscì in Italia *Love Story*, un romanzo che in America e altrove aveva già avuto trionfali accoglienze. Fatalmente, *Anonimo Veneziano* e *Love Story* mostravano qualche punto di somiglianza, così molti furono contenti di credere, e di far credere, che io avevo scritto *Anonimo Veneziano* non solo tenendo conto delle indagini di mercato, ma anche andando sulle pedate d'un collega tanto prediletto dalla fortuna.

Ora, l'accusa di imitazione è ridicola: il dialogo del film *Anonimo Veneziano* io lo scrissi, e lo consegnai a Enrico Maria Salerno che me l'aveva ordinato, nel 1967, alcuni anni prima che uscisse *Love Story*. Parimenti ridicola è, ai miei occhi, l'accusa di alienazione. La pubblicazione di un libro è, quasi sempre, un'operazione commerciale: un editore stampa un volume nella speranza di venderlo, e può fondare la sua speranza anche su fattori estranei alla letteratura. Per esempio, il successo di alcuni film ricavati dal *Decamerone* può avere invogliato qualche editore a pubblicare, magari in fretta, le novelle del Boccaccio, tuttavia sarebbe scorretto se, a causa di ciò, si sospettasse il Boccaccio di collusione con l'industria culturale. Collusione può verificarsi solo nella fase in cui un'opera viene creata, non quando viene stampata, e voler capire l'animo d'uno scrittore mentre immagina e scrive un'opera è presunzione perversa, come pretendere di penetrare con superbia e ignoranza dentro un mistero che di solito è tale anche per colui che sta immaginando e scrivendo. Per conto mio era ingiusto che qualcuno si mettesse a giudicare contaminato da malafede e da plagio un lavoro che in fin dei conti trattava della morte e del coraggio di morire, un tema che, più o meno allegramente, sta in tutta la mia vita e in quasi tutti i libri che ho scritto.

La pubblicazione di *Anonimo Veneziano* mi procurò, dunque, prevalentemente dispiaceri. Mi ci sarei anche rassegnato, magari sognando di rifarmi dopo morto – bene o male l'avevo pur scritto misurandomi con l'eternità – se non mi fosse capitata tra le mani l'edizione inglese del mio lavoro, nella traduzione fatta da certa Valerie Southorn. Manovrando ingegnosamente con le didascalie, costei aveva trasformato il dramma in un racconto, ottenendo un risultato, per me, illuminante: se l'aveva fatto lei di testa sua, perché non potevo farlo io di testa mia?

Così siamo arrivati a questa seconda stesura di *Anonimo Veneziano*, con la quale spero di cancellare almeno in parte le brutte impressioni suscitate dalla prima. Il dialogo è rimasto press'a poco com'era, ma le scarne didascalie sono diventate brani narrativi, scritti con fatica e puntiglio e ambizione, per raggiungere un approfondimento psicologico dei personaggi che il solo dialogo non consentiva, e per stabilire tra il protagonista che sta morendo e la sua città che sta morendo insieme a lui, un più pietoso legame. Posso dire che in vita mia non avevo mai lavorato tanto per scrivere tanto poco, né mi ero mai così abbandonato al tormentoso piacere di permettere ai pensieri di cercarsi a lungo le parole più appropriate, e nel cercarsele magari mutano e differentemente si presentano sicché ne vogliono altre, e così via. È un'operazione che, d'abitudine, l'industria culturale non chiede, e forse nemmeno gradisce.

GIUSEPPE BERTO

Questo popolo per mille anni
lottò coraggiosamente per la vita,
poi per altri trecento anni
non fece che invitare la morte.

John Ruskin, *Le pietre di Venezia*

ANONIMO VENEZIANO

Sfumata in un residuo di nebbia che non ce la faceva né a dissiparsi né a diventare pioggia, un po' disfatta da un torpido scirocco più atmosfera che vento, assopita in un passato di grandezza e splendore e sicuramente anche d'immodestia confinante col peccato, la città era piena di attutiti rumori, di odori stagnanti nel culmine d'una marea pigra. Sole e luna le segnavano un ritmo diverso, e come sospinta da un doppio scorrere di tempo essa incessantemente moriva nei marmi e nei mattoni, nei pavimenti avvallati, in travi e architravi ed archi sconnessi, in voli di troppi colombi, nell'inquietudine di miriadi di ratti che si andavano moltiplicando in attesa. Della gente, ognuno portava dentro di sé una particella di quella finalità irrimediabile. Facevano le cose d'ogni altra gente, comprare il pane o il giornale, andare al tribunale o ad aprire bottega o a scuola e perfino in chiesa, e le facevano con più spensieratezza che altrove, con un ridere arguto e gentile, in una parvenza di commedia che peraltro era, appunto, un invito affinché la morte facesse più in fretta.

Poi, un campanile via l'altro, il cielo opaco fu raggiunto dal mezzogiorno, ma non bastò a fare allegria nell'umido mezzogiorno di novembre. Al di là della commedia, chi aveva sentimenti e presentimenti poco lieti doveva per forza tenerseli. I mori dell'orologio batterono a turno, anch'essi due volte, le dodici ore sui tetti e sopra la vasta piazza del santo evangelista.

Nella stazione, il rapido delle ore dodici da Milano arrivò a fermarsi con innaturale dolcezza sul finire del binario numero quattro, senza un rumore proprio, finché non si sentì il soffiare dell'aria compressa che apriva le porte automatiche. Scesero viaggiatori frettolosi, con poco o nessun bagaglio: non era stagione di turisti. Presto, sul marciapiede, non sarebbero rimaste che le squadre d'inservienti subito accorsi con scale e secchi e spazzole per pulire i vetri dei finestrini, un lavoro che compivano con straordinaria alacrità, giacché dopo sarebbero andati a mangiare.

Lei scese per ultima, dalla vettura di coda, e s'incamminò senza esitazione palese, ma a testa bassa, come volutamente incurante di vedere se fossero venuti a prenderla. Vestiva con sobrietà ricercata, un tailleur di lana tra il verde e il marrone, una grande borsa di cuoio, un ombrello che, chiuso, aveva minuscole dimensioni. Al collo, sulla camicetta color tabacco, portava un semplice filo di perle, che forse non erano neanche vere. Poteva darsi che avesse fatto qualche studio per non apparire troppo bella e troppo ricca, ma era bella, e la ricchezza le si addiceva. Veniva avanti con leggeri capelli e passi armoniosi, abbastanza ostinata nel tenere il volto basso. Lo alzò soltanto dopo che si fu fermata davanti a lui. Era bella anche nel viso non più tanto giovane, ma l'espressione appariva chiusa, per difesa forse, per nascondere una paura che comunque s'indovinava. Nessuna tenerezza, naturalmente.

Lui, appena più anziano di lei, sui quarant'anni, la stava aspettando lì, cioè in testa al marciapiede numero quattro, da dove lei sarebbe necessariamente dovuta passare, si capisce se fosse venuta. Era venuta. Ora la guarda quasi a sfida, lei troppo bella ed elegante, mentre lui nei capelli, nelle pieghe del viso, nell'impermeabile gualcito, nelle scarpe non nuove né pulite, esibisce a sufficienza i segni d'un genio che non ha avuto molta fortuna. Gli occhi, peraltro, mantengono con fermezza un'espressione di tenace ironia, si direbbe, sentimento al quale i geni poco fortunati hanno irrinunciabile diritto. E non è senza una sfumatura d'ironia che riesce a dire: «Grazie che sei venuta».

Lei che, rinunciando a capire, aveva distolto i suoi occhi, non glieli rimette addosso. Sicuramente il loro passato non alimenta solo paura e ironia, ma anche una sfiduciata stanchezza, almeno per ciò che la riguarda. «Potevo farne a meno?» dice, e non è una domanda.

«Al binario sei» lui dice «c'è l'Orient Express: parte tra trentadue minuti.»

«Se ti bastano, trentadue minuti» lei dice, accentuando sfiducia e stanchezza.

Lui esita, tentato di dirle di sì, mandandola a farsi fottere. «No», dice.

«Allora, eccomi.»

«Dove vuoi che andiamo?»

«Se non lo sai tu.»

Non era facile saperlo, anche lui mancando di chiarezza e determinazione. Camminarono comunque verso l'atrio, passarono davanti ad alcuni uomini che portavano scritto sul berretto, a lettere d'oro o d'argento, il nome di alberghi quasi ignoti. Offrirono, con aria di professionale ruffianeria, camere coi conforti, benché non fosse proprio il caso. Davanti c'era il chiarore nebbioso del vasto spazio sopra la fondamenta e il canale. Le campane avevano smesso di suonare, e la città era di nuovo assopita negli attutiti rumori. Lui, alquanto miseramente, si sforzava di mantenere l'apparenza del genio sia pure sfortunato: da quel primo scambio di battute non era uscito vittorioso. Ma lei non poteva avvantaggiarsene, per stanchezza, o perché troppo impegnata nel mascherare la soverchiante paura.

«Mi dispiace, non hai trovato una bella giornata» egli dice mentre escono sull'alto della scalinata, con davanti il canalgrande, andirivieni di barche, motoscafi, vaporetti. La gente doveva pur nutrirsi, e prosperare, e seppellirsi. «D'altra parte» egli soggiunge «siamo quasi in inverno, ormai il tempo è così. A Milano com'era?»

Lei alza le spalle, a sottolineare la vacuità di quel parlare.

Lui però non si arrende. «A Milano magari ci sarà il sole, bella città Milano», dice ancora con penoso sarcasmo, prima di tacersene.

Scesero la scalinata, percorsero di sbieco la fondamenta verso l'imbarcadero, tutti e due guardando i colombi che solo all'ultimo momento, protervamente, si scostavano dai loro passi. Ormai, di colombi, ce n'era dappertutto, non solo in piazza. Immaginò una Venezia bellissima, con l'acqua al livello dei primi piani, tetti e cornicioni gremiti di colombi scheletrici, e gabbiani, e anche corvi stremati, niente più uomini. A pensarci bene, non era bellissima.

Entrarono nell'imbarcadero ad aspettare il motoscafo della linea celere verso l'Accademia. C'erano poche altre persone, del tutto prive di significato. Del resto, per lui sarebbe stato difficile trovare significati in altre persone, se non in lei, forse, che s'era messa a guardare il traffico sul canalgrande, ma certo non pensava al traffico. L'imbarcadero galleggiante dondolava al passaggio d'ogni barca o vaporetto, e lui sentiva un'insolita nausea, che tuttavia non si poteva far risalire al male, non necessariamente. Forse era per la tensione con cui l'aveva aspettata e poi vista mentre gli veniva verso, o per il miserabile avvio del dialogo, o per l'inutilità degli accadimenti, tutte cose che vanno a ripercuotersi nella pancia e nello stomaco, donde la nausea, presumibilmente. «A Venezia, è molto che non vieni?» le domanda.

Lei in qualche modo decide che le conviene rispondere, ma lo fa col tono di voce più lontano, senza guardarlo. «Ci sarò venuta tre o quattro volte, da allora.»

«E non mi hai neanche informato, nemmeno una cartolina, o una telefonata.»

«Perché avrei dovuto informarti?» lei replica

con esausta amarezza. Ma subito si riprende, e aggiunge con aggressivo rancore: «E poi non è vero. Una volta t'ho scritto che sarei venuta. Avrei voluto parlarti, ne avevo bisogno. Non m'hai risposto».

«Sul serio?» egli ribatte, svagato. «Può darsi. Se lo dici tu, può darsi.»

«Non può darsi» essa insiste, puntigliosa. «È così.»

«Sicuro. Se lo dici tu.»

L'ha detto con ancora un residuo di provocazione, ma lei lascia perdere, e del resto il motoscafo stava arrivando. Salirono, non c'era molta gente, posto se ne trovava ovunque. Ma lei volle star fuori, in piedi, la schiena appoggiata alla cabina di pilotaggio. Le si sarebbero deplorevolmente appesantiti quei suoi capelli freschi di parrucchiere.

«Ti si appesantiranno i capelli» egli dice.

Lei nemmeno alzò le spalle.

Il motoscafo si mosse e dopo breve tragitto si fermò all'imbarcadero di piazzale Roma. Lì una frotta di gente di campagna, certo un intero pullman proveniente da qualche paese vicino, salì vociando e spingendosi. Lei li ignorò del tutto, il suo sguardo indifferente fisso sulla fondamenta oltre il rio. Lui, il genio tanto scarsamente realizzato, mostra invece una giusta insofferenza per la volgarità. Se Venezia deve stare a galla per questo, pensa, che sprofondi pure. E anche questo suo sentimento iroso, e senz'altro poco nobile, gli finisce nello stomaco, e la nausea continua. Il male non c'entra niente, con un disagio del genere.

Il motoscafo riprese la sua corsa, passò sotto i ponti verso il rionovo. Lui la guarda, ora, con attenzione e sensibilità per la sua bellezza e condizione, e può darsi che si adatti a fare a meno di un'ironia che d'altronde non gli è stata molto vantaggiosa. «È un quarto d'ora che stiamo insieme» le dice. «Non mi hai ancora guardato.»

«Alla stazione t'ho guardato» essa risponde senza impegno.

«Oh, non è guardare, quello. Cercavi di capire, tutto qui. Speravi di trovarmelo scritto in faccia, il motivo per cui t'ho fatto venire a Venezia.»

«Perché m'hai fatto venire?»

«Il tuo avvocato che ne pensa?»

Essa reagisce con vivacità, mettendogli lo sguardo addosso: «Il mio avvocato?».

Glielo si legge negli occhi, nell'espressione smarrita, che ha consultato il suo avvocato, prima di muoversi. Ma ciò, a lui, importa poco. «Finalmente mi guardi» dice. «Come mi trovi?»

Lei stringe la bocca, tra timore e disprezzo. «Se è per Giorgio che m'hai fatto venire...»

Lui sorride appena percettibilmente. «Che c'entra Giorgio? Ti ho chiesto come mi trovi...»

Lei continua a guardarlo inquisitiva, la sua paura ormai pietosamente scoperta.

E lui insiste, con enfasi, a sfida: «Non mi leggi in viso i segni del destino? La gloria, ad esempio. O anche la morte. Tanto, l'una vale l'altra, almeno per chi crepa».

Si manifestava istrione, senza pudore, con una sorta di masochistica esaltazione per il proprio fallimento, o per chissà mai quale altra cosa parimenti degradante. E in lei il disprezzo scavalca la paura. «Non sei cambiato in niente, tu. Né dentro, né fuori.»

«Tu invece sei cambiata, di fuori, almeno.» Solleva una mano a sfiorarle con la punta delle dita l'angolo dell'occhio. Questo è, nonostante tutto, un gesto d'amore, ma disperso, per così dire, e magari anche disperato. «Hai delle piccole rughe qui, che prima non avevi. Ti stanno benissimo. Sei bella. Lo sai che sei più bella di allora? Chi l'avrebbe mai immaginato...» Lei s'era perduta per un istante, occhi incantati e bocca socchiusa con accettazione. Ma poi s'irrigidisce, e allora lui conclude con cattiveria: «Si vede che i soldi fanno bene».

Lei torna a guardare basso, l'acqua del rionovo che il motoscafo sommuove e si lascia indietro.

Lui non sa sopportare il suo silenzio lontano, riprende a provocarla, aggrappandosi al suo punto più debole. «Allora dicevi, di Giorgio?»

«Non dicevo nulla.»

«Penso che dovresti dirmene qualcosa. In fin dei conti...»

A testa bassa, lei risponde con sforzo: «Va a scuola, come tutti i bambini».

«Una scuola di preti, immagino. Preti di lusso, quelli che allevano i futuri padroni.»

«Scuola pubblica.»

«Ah, benissimo. Approvo in pieno. Io sono sempre stato favorevole alla scuola pubblica. La scuola privata è un anacronistico privilegio. E che classe fa? La seconda, no?»

«La prima.»

«Giusto, non ha neanche undici anni, adesso che ci penso. Li compie tra un mese, il dodici di dicembre.»

«Li ha compiuti il nove settembre.»

«Dici sul serio?» egli esclama. «I numeri non sono mai riuscito a farmeli entrare in testa. E poi, come padre, sono sempre stato balordo. Non trovi che sono sempre stato balordo?»

Lei tace, con un'espressione di sufficienza, e lo disprezza, nel suo silenzio.

E lui, benché provi un doloroso bisogno di non comportarsi come si sta comportando, insiste a chiedere: «E l'altro tuo figlio, quanti anni ha?».

«L'altra. È una bambina. Ha quattro anni. » Risponde così, senza guardarlo, col minimo di parole.

E lui se ne rattrista, ma ancora insiste. « Caspita, passa il tempo. E come si chiama? »

« Silvia. »

« Di cognome, voglio dire. Porta il cognome del suo padre naturale, o il mio? Sarebbe divertente, se portasse il mio. »

« È legalmente figlia di suo padre e di sua madre. Sono andata a partorire in Inghilterra. Là si può fare. »

« Perdio, cosa non si può fare coi soldi » egli dice, ritrovando, non si sa però quanto precariamente, lo smarrito tono d'ironia. « Del resto, era la soluzione migliore. Migliore per la bambina, almeno. Si trova ad avere un padre miliardario. »

« È suo padre » lei dice, calcando quasi rabbiosamente sul verbo.

« Chi dice di no? » lui ribatte con la sua ambigua remissività. « E poi, che razza di discorsi. Ormai c'è il divorzio anche da noi. »

« Noi non rientriamo nei casi di divorzio: non siamo nemmeno separati. »

« Ma che è? Colpa mia? »

« Non hai mai mostrato il minimo senso di comprensione, di collaborazione. Potrei anche dire di responsabilità. »

Lui ha uno scatto rabbioso. « Perché avrei dovuto collaborare? Del resto, se l'avessi veramente voluto, la separazione avresti potuto ottenerla anche senza la mia collaborazione.»

«Una separazione per colpa mia» essa commenta amaramente. «Come darti in mano l'arma per ricattarmi. E poi, io puntavo sull'annullamento.»

«Certo» egli fa con sarcasmo. «L'annullamento viene da Nostra Santa Madre Chiesa, taglia l'inconveniente alle radici. Noi due, come se non ci fossimo mai visti. Il figlio, opera dello Spirito Santo...»

Lei alza il viso e lo guarda, pacatamente. «Non recitare.»

«E chi recita? Non vorrai mica negare che la Madre Chiesa ve la siete fatta a vostra misura, voi ricchi.»

«È per dirmi questo che m'hai fatto venire a Venezia?»

Questa volta è lui a rispondere stringendosi nelle spalle.

E lei si ostina: «Perché non ti presentasti alla Sacra Rota quando ti convocarono? Avremmo potuto ottenere l'annullamento in tre o quattro anni».

«Anche prima, se è per questo. Voi dovete essere abbastanza ammanicati coi preti.»

Lei ormai è stizzita e per quanto s'accorga che

sta facendo il gioco di lui, torna a chiedere, aggressiva: «Allora, si può sapere perché non ti presentasti quando ti chiamarono alla Sacra Rota?».

Stranamente, ora che ha fatto di tutto per irritarla, sembra che a lui non gliene importi più nulla. Finisce per dire, con dolore si direbbe, certamente con remissività: «Perché sono un cialtrone. Non ti basta? Sono un cialtrone».

Lei è sicura che non mente, ma diffida, non vede che cosa ci possa essere al di là di quell'ammissione apparentemente tanto disarmata. Certo, frustrazioni ne deve aver conosciute, e non è soltanto per il suo abbigliamento che lo si può pensare, non ha mai badato molto al vestire, ma per una certa aria di desolazione che viene dai lineamenti del volto e degli occhi, e anche dalle parole, specie quando sono ironiche o rabbiose. Comunque, la compassione è un sentimento pericoloso, con lui. Torna a guardare l'acqua del rio, che il motoscafo sommuove e si lascia indietro.

Il motoscafo sorpassò l'incrocio col rio di Malcanton e proseguì, sempre a velocità ridotta. E lui la studiava, ora, non senza abbandono, lei a testa bassa, così bella, così sicuramente non sua. Fare il conto delle colpe, comunque, non serviva a nulla. Non sarebbe servito a nulla nemmeno se le circostanze fossero state diverse, cioè se vi fossero state speranze, non importava quanto improbabili. Ma era possibile che la amasse? O tutto dipendeva dalla semplice circostanza del disperato bisogno di lei?

Ed ecco che le dice: «Perché non alzi la testa? Stiamo passando sotto il ponte di Ca' Foscari».

Lei non alza la testa, ma dice: «Lo so».

Allora lui, pur sentendosi irrimediabilmente ridicolo, si lascia andare. «Avevi diciannove anni e facevi il secondo anno di inglese. Eri avanti di due anni, un mostro di bravura. E contestavi, naturalmente, ancor prima che venisse la contestazione. Dovevamo decidere una manifestazione contro l'imperialismo americano. Tu stavi con la rappresentanza di Ca' Foscari, io con quella del Benedetto Marcello. Alle dieci del mattino eravamo tutti e due ferventi di sdegno e furore contro gli Stati Uniti d'America. Alle quattro del pomeriggio stavamo già a letto insieme, in quella camera gelata, in fondamenta della Verona. Ti ricordi la mia camera in fondamenta della Verona?»

Certo, che si ricorda. Come si potrebbe dimenticare una camera in cui si va a letto con un uomo, quando è la prima volta che si va a letto con un uomo? Ed è bene rammentarlo, a lui, che era la prima volta. Sembra che tragga un po' troppo vantaggio dalla circostanza che lei non aveva impiegato che sei ore per decidere d'infilarglisi nel letto. «Era la prima volta» dice puntigliosa. «La prima volta che andavo con un uomo.»

«E l'uomo era sbagliato» egli conclude con sorprendente sconforto. «Succede sempre così.»

Il motoscafo era uscito dal rionovo sul canalgrande e aveva subito aumentato la velocità, facendo la curva verso San Marco. Gli splendidi palazzi sprofondavano più presto d'ogni altra cosa, con le loro pesanti facciate di marmo. E v'era un principio di giustizia in ciò, ammettendo la verità d'un legame tra ricchezza e decadenza, sebbene poi, nuovi ricchi succedendo agli antichi ed esausti, si rinveniva un residuo di potenza sufficiente a mantenere in piedi le facciate e splendide le dimore. Lui non riusciva a pensare a ciò senza rancore, e inoltre, nelle acque più mosse del canale, la nausea l'aveva ripreso più forte. Si affiancò a lei, tutti e due guardando basso.

Ma lui non rimane a lungo a testa bassa, torna a guardare lei, con un bisogno di lei quasi supplichevole, e invece lei sì a testa ostinatamente bassa, remota nella paura d'essere toccata nella sua vita senza di lui. E lui non ce la fa a lasciarla tanto remota. « Ti piace sempre? » le domanda.

« Cosa? »

« Venezia. È bella, no? Anche con un tempo come questo, bella da morire. Non sei d'accordo? »

« Che importanza ha? »

« Ma non torneresti a viverci? Tu in fondo sei nata qui, come me. »

Era un parlare vago, di uno che cerca soprattutto di non sentirsi solo, ma lei aveva egualmente paura. « Che vuoi dire? » domanda, allarmata e tesa.

« Che dovrei dire di più di quel che dico? Niente. »

« Niente non è una risposta. Perché m'hai telefonato di venire? Dopo otto anni. »

« Così. »

Lei ha un nuovo gesto di dispetto. « Non puoi rispondere sempre allo stesso modo. Che significa, così? »

Ma lui non dice nulla, sembra determinato a provocarla, col gusto di ferire e di soffrire. Si guardano ora, con durezza, misurando le loro forze. È lei la più debole, al momento. Distoglie gli occhi. « Mi fai paura » dice.

E lui, riconoscendola debole, subito aumenta d'aggressività. « E sei venuta soltanto per paura? »

« Ti sembra di non avermi fatto soffrire abbastanza? »

Sull'averla fatta soffrire abbastanza, lui può anche essere d'accordo. Non era stato facile vivere insieme, una continua lotta, molto distruttiva per entrambi, ma a quanto pareva inevitabile. « Non sempre ti facevo soffrire di proposito » egli dice. « Qualche volta era come una forza al di fuori di me, che mi spingeva a fare, a dire cose che non volevo. Forse ero già toccato. » Toccato in testa, egli voleva dire, e davvero s'era toccato la testa, mentre lo diceva, ma lei guardava altrove. « Non sono mai stato a posto col cervello, vero? Perché non rispondi? Te lo chiedo. »

L'ultima cosa l'aveva chiesta con umiltà, quasi con ansia, senza più ombra d'arroganza. E lei risponde, umanamente: « Forse non eri del tutto colpevole del male che facevi. Ma era male, comunque, e io ne soffrivo. Avevo pur il diritto di difendermi dalla sofferenza, no? Quando chi ti fa soffrire è uno che ami, l'unica possibilità di difesa è amarlo di meno, se ci riesci. »

« E tu ci sei riuscita? »

« Col tempo. Col tempo si fa tutto. Ma prima di arrivarci... Davvero, ho sofferto abbastanza. »

« E io no? Pensi che non mi facevi soffrire, tu, col tuo perbenismo e moralismo e perfezionismo? Con la tua incrollabile, illimitata saggezza? E almeno fossi stata saggia. » Ha un gesto di rancore, dal significato senz'altro risolutivo. « Cristo, » brontola « sono passati otto anni. Otto anni, e tu stai sempre lì, fissa al male che posso averti fatto allora. »

« Oh, anche dopo me n'hai fatto. »

« Non potremmo smetterla di rinfacciarci il passato? E poi, ti pare che il nostro passato sia fatto soltanto di male, che non ci sia nulla da ricordare senza rancore? »

Lei alza le spalle, ecco la sua risposta a tutto quel parlare futile. Lui non ha ancora detto nulla che possa avvicinarsi alla sincerità e all'onestà, virtù che evidentemente continuano ad essergli sconosciute.

Ed egli dice, con sconforto: « Siamo a San Samuele. Se vuoi, scendi qui e torni alla stazione. Hai un rapido alle 14,36. Alle 17,10 sei a Milano ».

Il motoscafo attracca a San Samuele e lei non accenna a muoversi. « Ho il posto prenotato sul rapido delle 20,38. Mi basta essere a casa prima di mezzanotte. »

« A casa? » fa lui rabbiosamente.

« Non dovrei dire a casa? » ribatte lei ancor più rabbiosamente. « Secondo te, come dovrei dire? Dovrei forse sentirmi una spostata, una mantenuta? »

Lui aveva fatto la domanda d'impulso, irritato casomai dal fatto della prenotazione, e programmazione, escludendo naturalmente lui e ogni accadimento che potesse farle cambiare e treno e ora. Ma dato che lei lo ha come costretto a pensare a quella sua situazione per così dire familiare che deve non poco infastidirla, conviene approfittarne. «Lui lo sa che sei venuta da me?» domanda.

«Sicuro che lo sa. Il nostro è un rapporto leale, ci diciamo tutto. La vera cosa che mi ha fatto rompere con te, è che non posso sopportare le menzogne.»

«E non ha avuto nulla da obiettare? Non ha cercato di mandare l'avvocato al posto tuo?»

Lei medita sulla risposta, sapendo di esporsi. D'altra parte, dopo aver fatto un così splendido elogio della lealtà, sarebbe perlomeno stravagante ricorrere alle bugie. Dice: «Voleva venire lui al posto mio».

Lui, infatti, si mette a ridere, non senza scherno, sebbene anche un po' amaramente. «Oh, no!» esclama. «Il Cavaliere del Lavoro, uno dei primi dieci contribuenti della città di Milano, si scomoda per venire a parlare con me, che magari mi trovo tra gli ultimi dieci contribuenti della città di Venezia.» Ci pensa un poco, si direbbe divertendocisi. Ma poi sbotta, con scoperto rancore: «Quanto mi avrebbe offerto, di'? Cinquanta, cento milioni? Mille milioni? Pensa, mille milioni sono giusto un miliardo. E mentre io non riesco nemmeno ad immaginarlo, un miliardo, lui capita qui e mi dice: "Signore, un miliardo se lei lascia in pace mia moglie". E io: "Ma la moglie è mia". E lui: "No, è mia". E così avanti per un bel pezzo. Opera buffa. »

« Non ridere di lui, ti prego » fa lei tristemente. « Mi ha aiutata molto. Mi vuole bene. »

E lui le grida addosso: « E anche tu gli vuoi bene, vero? Ha la bellezza dei miliardi, lui ».

La gente, la gente volgare che affolla il motoscafo, ha fatto un po' di largo intorno a loro, per godersi la scena. « Non gridare » dice lei rabbiosa. « Tutti ci guardano. »

« Io me ne fotto di tutti » grida ancora più forte il genio sfortunato. « Allora rispondi: lo ami, il tuo giovane bello? Sei innamorata di lui? »

« Abbiamo una figlia insieme » fa lei sommessamente.

Lui perde la voglia di gridare. Certo che non lo ama. Come potrebbe amare, lei, un uomo simile. Sta con lui per onesta convenienza, diciamo, e può anche essere che la figlia sia nata per una convenienza altrettanto onesta. Lei ha il dono di rendere onesto tutto ciò che fa, ma lui non si sente più d'aggredirla, per questo, visto che l'onestà non le risparmia certo giuste dosi di umiliazione e sofferenza. «Già, avete una figlia» dice remissivamente. «E Giorgio. Anche Giorgio lo avete voi.» Poi, come preoccupato che possa trapelare tenerezza dalle sue parole, aggiunge: «Scommetto che Giorgio lo chiama papà. È così?».

Lei risponde a denti stretti, timorosa: «È così. Ma Giorgio sa che suo padre è un altro».

Anche questa frase si presterebbe a non pochi sfruttamenti ironici ed umoristici. Ma lui alza le spalle, sembra preferire il cinismo. «Per quel che conta» dice. «Del resto, anche come padre, quel tizio sarà sicuramente meglio di me.» Poi, accorgendosi all'improvviso che il motoscafo è già attraccato all'Accademia, e che i viaggiatori che dovevano scendere sono già scesi, mentre stanno per salire quelli che devono partire, l'afferra d'impulso per la mano e la trascina via. «Vieni. Siamo arrivati.»

S'erano fermati in mezzo alla fondamenta dell'Accademia, ancora tenendosi per mano, cosa che non era più affatto necessaria, e quindi chissà mai anche quanto poco opportuna. Non erano sufficientemente limpidi da poter rischiare dei gesti semplici, e comunque che lei continuasse a lasciargli la sua mano da tenere non provava nulla, dal momento che il viso era sempre occupato da diffidenza e timore.

È lui, alla fine, che le lascia la mano libera. « Dove vuoi che andiamo? » le chiede, ed è, oltretutto, una domanda stupida, poiché era stato lui a dire ch'erano arrivati, e anzi l'aveva presa per mano per farla scendere più in fretta.

« È la seconda volta che me lo chiedi » osserva lei pacatamente, e vorrebbe anche dirgli che gli manca il senso delle cose, e che è un debole, in fondo, lo è sempre stato, e non sarebbe neanche giusto temerlo tanto, senonché non è detto che i deboli siano meno capaci degli altri di far del male. « Perché m'hai fatto venire a Venezia? » gli domanda.

« Anche tu è la seconda volta che me lo chiedi. »

«Prima non m'hai risposto. »

Lui la guarda, studiandola. È chiaro che gli stanno passando per la mente diverse possibili risposte. Finisce per scegliere la più spavalda e sorprendente: « Potrei anche avere voglia di far l'amore con te ».

Lei rimane sorpresa, infatti, ci vuole un attimo prima che arrivi a pensare che forse si tratta soltanto di provocazione e quindi è più che mai necessario difendersi, e in quell'attimo in cui non si difende rimane pavidamente scoperta sicché chiunque può vedere che su di lei una frase del genere provoca cedimenti o quantomeno vacillamenti pericolosi. Poi, quando pensa che sarebbe bene difendersi, è ormai troppo tardi, perché lui ha approfittato del suo momentaneo cedimento, ha alzato una mano a toccarle i capelli, a scostarglieli dalla tempia affinché assumano una foggia diversa, e naturalmente lei sa che cosa ciò significhi. E lui dice: «Allora i capelli li portavi così, e le orecchie le tenevi scoperte. La prima volta che ti vidi».

Ora il proposito di seduzione si è fatto fin troppo palese, ma non per questo ha acquistato credibilità, anzi. C'è qualcosa nell'espressione del viso di lui che contrasta con le parole e coi gesti. E a guardarlo dentro gli occhi, come lei fa ora con fermezza, fino a scoprirvi un segreto smarrimento, la cosa è ancor più chiara. «Tu non hai voglia di far l'amore con me» dice.

«Come lo sai?»

«Te lo leggo negli occhi.»

Lui stacca la mano dai suoi capelli, un po' troppo precipitosamente, e addirittura irrigidendosi. L'eventualità che lei possa davvero leggergli qualcosa negli occhi sembra dargli una specie di panico. Ma si controlla subito. «Tu hai sempre preteso di leggermi dentro, e non hai mai indovinato niente.»

Forse c'è un invito alla polemica in questa frase che vagamente rimanda al passato, però lei, in questo momento, non vuole né polemica né passato. Per quanto rischioso, il presente deve affrontarlo. «Ma tu non hai voglia di far l'amore» insiste.

Lui reagisce con rabbia, e non può essere soltanto perché lei gli ha scoperto una sorta di debolezza, o impotenza più propriamente. Non sono mai stati problemi suoi, e il disagio sicuramente è altrove. «Invece sì» afferma risoluto. «Ne ho voglia. Andiamo.»

Lei lo guarda, attenta a scoprire che cosa ci sia al di là della provocazione, e tuttavia tentata di credergli e cedergli, e insieme scontenta della propria tentazione di andare a far l'amore con lui. «No» risponde.

«Non hai neanche curiosità di vedere dove vivo?»

«Non abiti più a San Trovaso?»

Ora la conversazione sta prendendo un andamento più disteso, ognuno probabilmente contento della rinuncia a qualcosa che forse era soltanto una sfida. «Sì, ma ho cambiato tutto, dentro. Ho fatto un grande studio, uno stanzone. E adesso c'è un disordine che non puoi immaginare, perché stiamo registrando un concerto. Così, un po' arrangiandoci, si capisce. Non vuoi venire?»

L'invito è sincero, lei potrebbe anche andare, nello studio tutto cambiato, e non per farci quell'amore di cui non si scopre grande necessità, in nessuno dei due. «E con quelli di sotto litighi sempre?»

«Quelli di sotto?»

«Ma sì, l'avvocato. Come si chiamava. Voleva farti causa per via dell'oboe.»

«Ah, l'avvocato Sandri. È morto, saranno quattro anni. E la vedova ha affittato a due americani, che fanno più baccano di me. Lui dipinge. Lei non so. Il ballerino, credo.»

«Come, il ballerino?»

«Sì, il fidanzato, per così dire. Sono due checche...»

Ridono tutti e due, senza malizia, ma lui certo non dimentico della propria corretta e consistente virilità, di cui era tanto orgoglioso, e di cui peraltro, dentro di sé, non dev'essere presentemente tanto sicuro, o qualcos'altro, perché viene anche il sospetto che, di ciò, non gliene importi molto, nonostante l'età ancora giovane e l'impegno di mostrarsi aggressivo.

«E tu? Vivi solo?» lei chiede.

«Dovrei avere anch'io un fidanzatino?»

«Potresti avere una fidanzatina.»

Ancora ridono, ed ecco, così va bene, un dialogo facile e scorrevole, senza tensioni. Un rapporto nuovo, in fondo, e rassicurante, nella sua provvisorietà.

Ma è provvisorietà, e non possono certo inoltrarsi su di una via tanto pacifica, e in fondo insignificante, tenendo conto dei problemi che si portano dentro. Non è il caso di far venire a Venezia da Milano una moglie abbandonata da otto anni, per questo.

«Non sono nato per vivere in due» egli ribatte. «E tu dovresti saperlo ancor meglio di me.»

«Oh, se lo so. M'hai messo più corna tu...»

«Non tante quanto credi.»

«Tante, ad ogni modo.»

Nemmeno questo è il punto, per nessuno dei due, ormai. Non si può montare un litigio su delle corna vecchie di dieci o anche più anni. E neppure il litigio ha un senso, almeno finché non si scopre la vera ragione di quell'incontro. Ma lui non ci pensa affatto a rivelarla, a mettere le sue carte in tavola. «Forse abbiamo sbagliato tutto» dice in tono sufficientemente melodrammatico. «O forse è il matrimonio in sé che è cosa sbagliata, l'istituzione. Io al referendum per il divorzio ho votato contro. E sai perché? Perché non accetto compromessi, io. Dovrebbero proibire i matrimoni, altro che divorzio!» Si ferma, avvilito dalla percezione del proprio istrionismo, e del resto non è vero che ha votato contro. Però gli sembra assolutamente fuori luogo mettersi a spiegare il motivo per cui ha votato a favore, l'alto concetto d'una libertà in più per coloro che vivono in un determinato consesso sociale, anche perché proprio ora, e assolutamente a sproposito, lo sfiora l'idea che è del tutto idiota lottare per la libertà d'un'infinità di gente che della libertà non sente affatto il bisogno. Non è che si trovi in un momento di grande fratellanza per i simili e di sensibilità per la civile convivenza. «Tu che ne pensi?» chiede.

Lei, apparentemente, non ne pensa nulla, e lui insiste, irritato: «Stai lì ad ascoltare senza dir nulla. Avrai qualche idea, no?».

Lei continua a non avere idee in proposito, l'istituzione matrimoniale in sé non la turba profondamente, il problema nel quale si trova affondata prescinde ormai dai princìpi di base, va risolto sul piano pratico, magari con ragionevoli patteggiamenti, ed è per questo che è venuta a Venezia, senonché lui non ha ancora detto perché l'ha fatta venire. «Ci sono tanti matrimoni che vanno bene anche oggi» essa dice interlocutoriamente, cioè tanto per dire qualcosa, con speranza però che il discorso cada da solo.

Ma è lui che ha bisogno di polemizzare, a quanto sembra. «Il nostro, comunque, non è andato bene» dice. «E se vuoi pensare che è stato per colpa mia, pensalo pure. Per quel che me ne importa... »

Così ha trovato finalmente una via per provocarla. Infatti lei ribatte, aggressivamente: « Perché, secondo te, la colpa sarebbe stata mia? Io non ti ho mai tradito, finché siamo stati insieme ».

« Oh » fa lui come in trionfo, tornando al tono assolutamente melodrammatico. « Ragioni sempre così: tu hai tradito, io non ho tradito. Come se mettere le corna fosse l'unico modo di far del male. Ce ne sono centomila altri, di modi, e tu li hai messi in pratica tutti. »

Così va meglio, la disputa artefatta va assumendo una parvenza di genuinità, alla quale lei aderisce come se fosse genuinità. « E tu no? » ribatte. « Tu no? »

« Sì, anch'io. »

« E in più mi hai tradita. »

« Dio, sei di nuovo gretta, piccina, sembriamo ancora marito e moglie. » E poi, con una partecipazione che forse è sincera: « Io non avrei mai potuto tradirti veramente neppure andando con cento donne. Eri tu la donna, sempre. Le altre servivano soltanto a confermare che eri tu ».

« Comodo. »

« Il nostro amore è stato una lunga guerra di sopraffazione » egli dice col tono di chi ha precedentemente meditato per trovare una forma definita alle cose che ora sta dicendo. «Ognuno dei due era teso a possedere l'altro, possederlo tutto, fino alla distruzione. Ci saremmo uccisi, se ad un certo momento non te ne fossi andata.»

«Se non mi avessi costretta ad andarmene» puntualizza lei caparbiamente, sebbene avverta che al momento non gliene importa nulla d'una simile puntualizzazione, però in qualche modo deve ben porre argine ai sentimenti cui la stanno inducendo le parole di lui, per quanto artificiose possano sembrare.

Lui alza le spalle: è evidente che della puntualizzazione gliene importa ancor meno che a lei. Ma chiede, improvviso, sicuro di sorprendere: «E a lui, lo dirai?».

«Cosa?»

«Che abbiamo fatto l'amore.»

Lei medita un istante. A lui può anche concedere di sorprenderla, con le sue battute ad effetto, ma non di confonderla, sarebbe confusione imprudente dal momento che lei, nonostante tutto, la voglia di far l'amore con lui se la sente. «Non l'abbiamo ancora fatto» dice con puntigliosa fermezza. E poi: «E non è detto che lo faremo».

È soddisfatta, si può dire anche orgogliosa d'essere stata perfino un po' ironica, una volta tanto, ma ancora s'avvede d'avere sbagliato, lo sta assecondando in un oscuro gioco di male, nel senso che tanto s'industria a parlarle d'amore, fino a fargliene nascere voglia, mentre lui rimane fuori, voglia non ne ha per niente. «Se è così,» dice infatti con fin troppo pronta remissività «prendiamo un'altra strada. Andiamo a prendere un caffè a campo Santo Stefano, vuoi?»

La giornata si manteneva eguale, ma la marea aveva cominciato a calare, portandosi ininterrotte processioni di rifiuti, la maggior parte dei quali sarebbe tornata indietro col prossimo crescere delle acque, senza raggiungere il mare. Fino a quando sarebbe durato? Per il momento la città manteneva nel canalgrande la sua splendida esibizione di vita, ma la morte stava a sonnecchiare in qualsiasi rio confinante, ceneri ostruivano canali di morta laguna, ratti pazientemente si moltiplicavano, lui lo sapeva.

Scesero dal ponte di legno dell'Accademia e andando verso Santo Stefano passarono in prossimità del conservatorio Benedetto Marcello, nessuno dei due avendo voglia di riandare al passato, quando lui studiava là dentro, e lei studiava in un altro istituto non lontano dall'altra parte del canalgrande, e si erano subito innamorati. Nal vasto campo di Santo Stefano, i veneziani andavano sugli itinerari consueti, verso San Marco, o Rialto, o l'Accademia, affrettandosi per il pasto di mezzogiorno. I due caffè, messi quasi di fronte, avevano molti tavolini deserti disposti all'aperto, aspettando una primavera che al momento sembrava improbabile. Intanto, nel silenzio così povero di confidenza, le loro anime parevano essersi allontanate. «Dove vuoi che ci mettiamo?» egli dice. «Qui o lì?»

«Fa lo stesso» lei risponde, ed effettivamente faceva lo stesso, non essendoci sole a determinare una scelta, e parlarne non faceva che rendere evidente l'inutilità del parlare.

Così non parlarono più, si sedettero ad uno dei tanti tavolini preso a caso, tutti e due guardando con evasiva disattenzione il flusso di gente che andava o veniva da Rialto. Al cameriere che ad un certo momento venne a prendere l'ordinazione, chiesero due caffè, e lui anche un bicchiere d'acqua. Qualunque fosse lo scopo per cui l'aveva fatta venire a Venezia, lui mostrava un po' di stanchezza, o altro, e lei ora sembrava attendere con sopportazione. In fin dei conti, se per qualcosa l'aveva fatta venire, l'avrebbe pur detto, prima o dopo, lei era stata abbastanza istruita dal suo avvocato a non commettere errori. Aveva avuto risentimento e asprezze e perfino un'ombra di voglia di far l'amore, più che altro per farsi male, ma adesso tutto sembrava assopito. Il cameriere portò due caffè, e due bicchieri d'acqua. Egli estrasse una bottiglietta, ne prese quattro o cinque pillole, e le ingerì aiutandosi con l'acqua. Lo fece con goffa disinvoltura, come se fosse del tutto in regola che uno a mezzogiorno buttasse giù quattro o cinque pillole, ma forse era un semplice e grossolano modo d'attirare la sollecitudine di lei. Ne conosceva la complicata tendenza alla compassione, la volontà di potenza, e di possesso, che metteva in ogni soccorso. Non era mai stato facile con lei.

« Cos'era? » essa domandò riferendosi alle pillole.

« Niente, un po' di mal di testa. »

« Ma ne avrai prese quattro o cinque, di quelle pastiglie. »

Lui ha un gesto di noncuranza. « In questi ultimi tempi, ho sempre un po' di mal di testa. »

« E non ti fai vedere? »

« I medici. Più ne stai lontano e meglio è. »

Lei non sa se spingere oltre la propria sollecitudine, tra l'altro non è neanche ben certa se stia fingendo o no. Potevano anche essere bicarbonato quelle pastiglie ingoiate con l'accorta preoccupazione che lei se ne accorgesse. Dice, vagamente: « Vuoi che andiamo dentro? Tutto quest'umido certo non può farti bene ».

E lui altrettanto vagamente risponde: « Dentro o fuori fa lo stesso. Anzi, meglio fuori. Il caldo non lo sopporto ».

Ora bevono il caffè, distratti, forse perfino annoiati, all'apparenza. Finita ogni tensione, quieto vagare degli occhi su sconosciuti passanti, niente più assillo di sapere perché, come due amici che s'incontrino con un passato fin che si vuole violento, ma ormai assorbito, attutito in contorni nebbiosi. «E col lavoro come va?» essa chiede.

È una domanda qualunque, posta con convenzionale gentilezza, ma a lui non piace molto. Potrebbe nascondere insidie, magari un riferimento al genio fallito. «Suono l'oboe, no?» risponde. «È sempre il mio mestiere, oboista alla Fenice. Stipendio, assicurazione, assistenza malattie, perfino la pensione, se uno non crepa prima. Che vuoi farci? Devo guadagnarmi da vivere, io. Non ho vecchie miliardarie che mi mantengano.» Ecco che è venuto fuori il risentimento del tutto a freddo, senza che lei facesse niente per provocarlo. È dentro di lui, dunque, ci si può pensare, potrebbe anche essere una strada per capirlo. Ma lui cambia subito tono, si fa colpevole, in cerca di compassione. «Mi odii, vero? Dimmelo pure, tanto si vede benissimo.»

Lei non lo nega, e dice pacatamente: «Sei tu che ti fai odiare».

Lui si stringe nelle spalle. Naturalmente, sta al disopra dei sentimenti. «L'odio, l'amore, tutto un gran casino» dice. E cita: «*Anche l'odio, anche*

l'amore - l'uomo non sa... Conosci l'Ecclesiaste? ».
E siccome lei fa cenno di no, continua: «Neanch'io lo conoscevo. Poi, non molto tempo fa, in una libreria m'è capitato tra le mani. Un piccolo volume, il libro più corto della Bibbia, credo, in una traduzione di Ceronetti. È diventato il mio libro. Un migliaio di versetti e c'è tutto, tutto quel che occorre per fottersene di tutto. Col giusto grado di commozione, o di autocompassione, se preferisci». Ormai è lanciato, e torna a citare, non senza solennità: «*E nessuno può niente - sul giorno della morte*». E commenta, mutando tono: «Sembra una stronzata qualsiasi, ma prova a pensarci. Ti commuovi, non c'è che dire, ed è ciò che importa, anche se alla fine t'accorgi che non è nemmeno vero. Qualcosa si può, anche sul giorno della morte. Vuoi un altro caffè?».

Lei fa cenno di no, restando coi propri pensieri. Evidentemente non l'ha molto seguito nelle sue riflessioni da strapazzo, ha il senso della realtà, lei, e conseguentemente innata diffidenza per la retorica. «Prima parlavi d'una registrazione» dice. «Cos'è?»

«Che registrazione?»

«Hai detto prima che c'è disordine nel tuo studio, perché state registrando un concerto.»

Dunque, in qualche modo sta attenta a ciò ch'egli dice, sebbene non arrivi ad afferrare che cose marginali. Risponde con studiata noncuranza: «Ci sono dei ragazzi appena diplomati che hanno messo su un'orchestra da camera. Sono molto bravi, fanno tutto da soli».

«E tu?»

«Io suono l'oboe con loro, quando occorre. E gli metto a disposizione lo studio, se vogliono registrare. L'abbiamo attrezzato come meglio si poteva. Attualmente stiamo registrando un concerto per oboe ed archi. Il primo tempo l'abbiamo già fatto, è venuto abbastanza bene. Stiamo lavorando sul secondo.»

«Verrà bene anche il secondo» essa dice compiacentemente, ma anche con sincerità, dimentica d'ogni paura.

Ma lui non sembra accettare che lei dimentichi la paura. «Tu sei sempre stata sicura di qualche cosa» osserva ironico. «E non ne hai mai imbroccata una, per quel che riguarda la mia fortuna.»

«Tu hai sempre sprecato il tuo talento. Ma ne hai molto, lo so.»

Lei insisteva nel suo tono di misericordiosa generosità, e lui si irritava ancor di più. Non ne aveva bisogno, non di quel genere almeno, e in ogni caso ci sarebbe stato da diffidarne, visto che perfino nella misericordia e nella generosità lei riusciva ad essere possessiva e distruttiva, era un modo d'accampare meriti per eventuali successi che comunque non sarebbero venuti, ma, fossero venuti, sarebbe stato onesto attribuire più a lei che a lui. «Talento, dici? Sbagli. Genio è la parola giusta. Sono un genio. Ti ricordi quando sognavo di diventare un Toscanini, un Furtwaengler? Bene, circostanze avverse mi hanno limitato: sono semplicemente un von Karajan.» Si sta lacerando l'anima, naturalmente, ma la necessità di farsi del male per farle del male lo spinge oltre. Si alza, assume l'atteggiamento d'un direttore sul podio, la mano sollevata ad ottenere immobilità e silenzio. «Ecco, siamo alla Fenice... No, a pensarci bene della Fenice ne ho piene le palle. Siamo a Londra, alla Albert Hall. Un'orchestra di centoventi elementi, sospesi in attesa del mio cenno. Alle spalle, un pubblico meraviglioso, Elisabetta in prima fila. Elisabetta Seconda, si capisce. Ma io, invece di attaccare, mi volto e, in via del tutto eccezionale, pronuncio una breve allocuzione. Dico: "Maestà, signore e signori, lo so che non è nelle consuetudini, ma permettetemi di dedicare l'esecuzione di questo concerto a colei che mi è sempre stata vicina, che mi ha sorretto con il suo amore, con la sua fede nel mio genio: mia moglie! Senza di lei sarei nulla".» Ha recitato come un buffone, di fronte a lei che evidentemente si vergogna di trovarsi in sua compagnia, e cerca di non vedere che qualche passante s'è fermato a guardare cosa stia facendo quel matto, e il matto adesso fa un cenno all'orchestra e canticchia pa, pa, pa, la Quinta, il destino che bussa alla porta, un assurdo padrone che viene a chiedere conto di talenti lasciati sepolti. Smette subito, per fortuna. Torna a sedersi, esclamando ancora teatralmente: «Sono un cialtrone, un ridicolo cialtrone».

Lei rimane a lungo in silenzio, con la sua pena e la sua vergogna, in un disagio che crescendo finisce per diventare rimorso. «Alle volte mi vengono pensieri che mi fanno paura» dice infine.

«Che pensieri?»

«Che ti ho fatto solo del male. Che senza di me tu saresti davvero diventato un grande artista.»

Lui riflette un attimo, tentato di consentire. La grandezza è sempre una tentazione, la grandezza latente e irrealizzata, naturalmente, ciò che si sarebbe potuto fare coi talenti lasciati sepolti, e al momento della resa dei conti può anche far comodo qualcuno al quale attribuire almeno parte della colpa, col quale dividere le immancabili frustrazioni. Ma non può accettarlo. «Palle» dice stizzito. «Pensa alla moglie di Socrate. Non gli ha impedito di diventare Socrate. E poi, quanti anni sono che viviamo separati? Non sono andato avanti d'un passo. No, non c'era la stoffa, e nemmeno la voglia di lavorare. Non c'è grandezza senza lavoro. Del resto, meglio così. »

« Perché meglio così? »

Lui ha una leggera esitazione, può anche darsi che si trovi sul limite d'una qualche verità o rivelazione, ma ancora sfugge. « Lo so io » risponde. « Ma questo concerto che sto incidendo deve venir bene. Deve. »

Ha ripetuto con forza deve, e lei pronta lo guarda con fiducia e tenerezza, è bene che si parli di qualcosa che sarà, che s'interrompa quel rancoroso riandare a ciò che sarebbe potuto essere, esasperante e amaro per tutti e due. E sebbene non si tratti certo d'un incontro di speranza e di cose da portare avanti insieme, tuttavia ci si può consolare che non ci sia più paura, al momento, né odio, né inconsulta voglia di ferire e ferirsi. E non si rende ben conto, lei, di quanto sia facile, in un simile stato d'animo, ricadere in un amore dal quale, in un certo senso non importa quanto disperato, non è mai uscita. Gli tiene, infatti, gli occhi negli occhi. E lui le dice: « Mi stai togliendo di dosso un sacco d'anni ». E poi impulsivamente si alza e la prende per mano, costringendola ad alzarsi. Del resto, lei non fa resistenza alcuna. Si limita a domandare, mentre lui la conduce via: « Dove mi porti? ».

« Qui vicino, vedrai. »

Tenendola per mano, a tratti quasi correndo, egli la condusse in campo Sant'Angelo, e glielo fece attraversare diagonalmente, verso una stretta calle d'angolo, che percorsero fino a sbucare nella calle degli Assassini, e lì, subito a sinistra, prima del ponte, c'era la fondamenta della Verona. Lei ormai sapeva che l'avrebbe condotta lì, a riprendere il viaggio attraverso ciò ch'era stato, non ricerca di tempo perduto, di colpo si aveva l'impressione che non si fosse perduto nulla, che in nessuno dei due ci fosse stato progredire verso qualcosa di diverso. La fondamenta era angusta e breve, finiva quasi subito contro il portone d'un palazzo. Le altre case erano modeste, si capisce, e naturalmente anche le loro porte.

Egli si ferma alla terza porta. «È qui.»

«Sì.»

«Al primo piano. Una sola rampa di scale. Ma quando arrivavi avevi sempre il fiato corto.»

«Il cuore in gola» lei dice. Ma ora s'avvede della facilità d'un ritorno nel quale s'è già fin troppo inoltrata, e non è cosa priva di rischio, dato che lui non ha ancora detto perché mai l'abbia fatta venire. «Non capisco a quale gioco tu voglia giocare» dice.

Lui la guarda sorpreso, si direbbe perfino sconcertato. «Gioco? Perché gioco? Non mi credi capace di sentimenti? Capita, qualche volta.» E allunga la mano verso il pulsante del campanello.

Lei forse vorrebbe trattenerlo, ma non ne è sufficientemente convinta. «Non suonare. Io mi vergogno.»

Lui suona. «Ti vergogni? Ma sei stupida. Tra l'altro, dobbiamo essere ancora marito e moglie, noi due. Almeno davanti a Dio. Non ci siamo sposati in chiesa?»

«Forse ci sarà la stessa padrona d'una volta.»

«Quella? Avrà avuto novant'anni allora, adesso sarà a riposo nell'isola felice. Era così cara, quella vecchietta. Quando dovevi arrivare tu, lei andava in chiesa, a pregare perché ci venissero perdonati i peccati che stavamo facendo. Pensa, ci fosse ancora.»

Ma non c'era più. La donna che si affaccia alla finestra del primo piano è del tutto volgare. «Chi è? Cosa volete?» domanda.

Lui risponde quasi allegro: «Scusi, ci fa entrare un momento? Io abitavo nella sua casa, più di vent'anni fa. Una camera in affitto».

Ma la donna è paurosamente ottusa. «Mio marito non c'è. Io non so niente».

«Ma non c'è niente da sapere. Vorrei solo vedere un momento la camera che abitavo da ragazzo, se non le dispiace».

«Io non so niente» ripete quella. «Provi a ripassare quando c'è mio marito.» E si ritrae, richiude la finestra.

Loro due rimangono confusi e avviliti, come bambini colpiti da un'imprevista cattiveria. Così si guardano, e poi scoppiano a ridere per l'assurdità di tutto, anche delle piccole cose come questa, delle quali conviene ridere per non soffrirne eccessivamente. E si ritrovano, attraverso quel ridere, e quando alfine non ridono più rimangono di fronte a guardarsi, entrambi senza più bisogno di ferire e di difendersi. «Eri così come in questo momento» egli le dice incantato. «Forse un po' più magra. Pensa, ancor più magra di adesso.»

«Avevo sempre fame» dice lei, come lui incantata. «Non facevo che mangiare pastasciutta.»

«E avevi sempre voglia di far l'amore. Mai visto una ragazza che avesse tanta voglia.»

«Anche tu avevi sempre voglia.»

«Il nostro matrimonio sarà anche andato male, ma credo che nessuno al mondo abbia mai fatto l'amore come noi. Nessuno.»

«Sarà per questo che è andato male. Le cose troppo grandi non sono di questo mondo.»

«Non di questo mondo» egli conferma, con una sorta di mestizia profonda ma in certo qual modo remota, che non arriva a sciupare l'incantamento nel quale sono caduti. Questa volta il riandare al passato non è stato risentimento o dolore, ma ritorno all'amore di allora, non importa quanto precariamente e pericolosamente. Lui le accarezza i capelli, spostandoglieli dietro l'orecchio come una volta, e anche il viso le accarezza, leggermente e senza fretta, come se avesse chissà mai quanto tempo davanti, e quando infine le si avvicina per baciarla, lei gli va incontro con gli occhi e con la bocca, e un totale abbandono di sé nel quale non affiora certo voglia di far l'amore, ma piuttosto voglia di finire, di esaurirsi in quel bacio che li coinvolge in una dolcezza infinita, che li estranea dal luogo e dal tempo e dalle vicende, ogni loro sensibilità raccolta nelle labbra in assoluta dimenticanza, proprio anche senza pensiero, finché da una barca che passa per il rio qualcuno fischia e ride.

Lei di colpo s'irrigidisce, interrompe il bacio, fin troppo precipitosamente disincantata, tenta di staccarsi da lui. «Lasciami, ti prego, non qui per la strada.»

Ma lui non vuole lasciarla. E quello sulla barca, un ragazzo ridente e impertinente, grida: «Se vi nasce un maschio, chiamatelo Bortolo!».

Lei ora si scosta con forza, con rabbia. «Lasciami, ho detto. Non voglio. Non voglio.»

«Vieni con me, mora. Ti troverai meglio!» grida ancora il ragazzo della barca, prima di sparire sotto il ponte.

Lui l'ha lasciata libera, naturalmente, con una

sorta d'improvvisa remissività, un bacio tanto sconfinato finito in amarezza, nella riflessione che, a lei, la sua nuova condizione diciamo così sociale impone prudenza, almeno in luogo pubblico, non si possono perdere certi vantaggi per il solo gusto di farsi baciare per calli e fondamente. La gente coi soldi, di regola, sa essere vendicativa e spietata.

«La settimana scorsa» egli dice infine «sono stato a Milano. E ho visto il tuo uomo.»

«Come, l'hai visto» dice lei, pronta a difendersi.

«Non ti agitare, l'ho visto da lontano, che usciva dalla fabbrica.» E poi aggiunge, deliberatamente maligno: «Come fai a far l'amore con lui?».

Lei si ribella. «Questo non ti riguarda. Sono io che lo faccio, non tu.»

«D'accordo. Non sono affari miei. Però mi piacerebbe sapere: fai l'amore solo con lui, o c'è anche qualche altro?»

Lei ha un gesto di rabbia. «Che t'importa? Mi vuoi lasciare in pace?» Ma la rabbia non ha radici profonde, e forse non ha nemmeno grande desiderio d'essere lasciata in pace. Infatti aggiunge, a sfida: «Quando mi va lo faccio anche con altri».

E lui, probabilmente senza proprio volerlo, alza una mano e la colpisce sul viso con uno schiaffo violento. Poi rimane a guardarla, come sorpreso di aver fatto ciò, e anche lei lo guarda sorpresa, ma niente più, come rinunciando a capire. È lui che si riprende per primo da quello stupore. Tira fuori un fazzoletto, glielo porge. «Hai un po' di sangue sul labbro di sotto.»

Lei prende il fazzoletto, se lo porta alla bocca, guarda la piccola macchia rossa che v'è rimasta, e guarda di nuovo lui, senza rabbia né rancore, solo interrogativamente. Lo schiaffo, si direbbe, l'ha accettato, ma vorrebbe sapere perché l'ha picchiata, se c'è un perché.

«Scusami» lui dice con umiltà. «Anche questa volta ho sbagliato. Ho sbagliato sempre, con te.»

È rassegnato, oltre che umile. Se lei se ne andasse, ora, non farebbe nulla per trattenerla, almeno così pensa. Ma lei sembra aver rinunciato anche a sapere il perché della cosa, addirittura arriva ad addossarsi parte della responsabilità. «Abbiamo sempre voluto sbagliare» dice. «Il nostro era un rapporto sadomasochistico, vero? Me l'hai insegnato tu.»

Ma lui non si stacca dal presente, dallo sbaglio appena fatto, che non sa perdonarsi, a quel che pare. «Questa volta non volevo, lo giuro» dice. E poi: «Il rapido delle 14,36 forse fai ancora in tempo a prenderlo».

Lei scuote la testa. «Sono io che voglio parlarti, adesso» dice. Lo dice con brevità e fermezza, avviandosi. Ma poi non chiede nulla, camminano a fianco a fianco, senza fretta, tornando verso campo Sant'Angelo e campo Santo Stefano, e poi al ponte dell'Accademia. Ma non vi arrivano. Lei si ferma, si porta fuori dalla corrente delle persone che vanno e vengono. «Allora sei stato a Milano» dice.

«Sì, la settimana scorsa.»

«E volevi vedere Attilio.»

«Chi è Attilio?»

«Il mio uomo, come lo chiami tu.»

«È il tuo uomo» ribatte lui animosamente. «State insieme da cinque anni. E avete una figlia, no?»

«Sì. E ci saremmo anche sposati, se tu non avessi fatto ostruzionismo con l'annullamento.»

«Non era ostruzionismo.»

«Allora era menefreghismo, peggio ancora.»

«No, no, no» risponde lui con forza, forse anche con sofferenza, se è lecito penetrare oltre la sua scorza d'istrionismo. «Non so neanch'io cosa fosse. Volevo perderti, quando ci siamo divisi, addirittura cancellarti dalla memoria. Ma nello stesso tempo non sapevo rassegnarmi a perderti del tutto. Pieno di contraddizioni, come sempre, e intanto fermo nell'inerzia. Aspetta... Tra i sette peccati capitali, ce n'è uno, l'accidia. Da ragazzo non riuscivo mai a figurarmi cosa mai significasse.

Ecco, credo che sia stato per accidia, lentezza nell'operare il bene. Forse, se fossi andato da un psicoanalista...»

Ma lei non si lascia fuorviare: è sempre stata più positiva di lui, e anche più onesta, naturalmente. Non vende parole né maschera pensieri. «E da Attilio che volevi?» domanda.

Lui è pieno d'amarezza. È fin troppo chiaro che il perdono per lo schiaffo di poco prima non è da attribuire a generosità, o carità, o chissà mai a sopravvivenza d'amore, ma semplicemente ad una paziente insistenza nel voler scoprire una cosa tanto inafferrabile e incerta, come il motivo per cui era andato a Milano. «Immagini che volevo dei soldi?» dice, più rassegnato che combattivo. «E magari pensi anche che t'ho fatto venire a Venezia per chiederti dei soldi. Forse in cambio della mia collaborazione per l'annullamento. Per voi, l'annullamento è sempre preferibile al divorzio. Senza contare che i preti ormai lo danno come se fosse niente.»

«Può anche darsi che tu mi chieda dei soldi.»

Lui cerca con dolore un modo di rispondere che non peggiori una situazione già tanto compromessa, ma che tuttavia non intacchi oltre il sopportabile quella dignità, vale a dire spirituale decoro, al quale ora sembra in qualche modo tenere. «Guarda un po',» dice amaramente «dei soldi al momento non me ne frega niente. Due anni fa per poco non finivo in galera a causa d'un assegno a vuoto. Trecentomila schifose lire. Mica sono venuto a chiedertele. Oggi non ho bisogno di soldi, pensa, non saprei che farmene. Ti sembra incredibile, scommetto, per uno che coi soldi non ha mai avuto dimestichezza. Quanti pasticci, anche coi soldi, debiti e cambiali, e tu mi odiavi.»

Lei, presentemente, dà l'impressione d'essere aliena dai ritorni a tempi perduti. «Allora, che sei venuto a fare a Milano?» chiede, spazientita per il suo tergiversare. «T'interessava tanto vedere Attilio?»

«Attilio» lui dice alzando le spalle, al limite del disprezzo. «Una volta a Milano m'è venuta curiosità di vederlo, solo curiosità, puoi credermi. Il vero scopo del mio viaggio era vedere te, e Giorgio.»

Il nome di Giorgio la allarma sempre. Dev'essere una di quelle madri possessive come animali selvatici. Del resto, anche con lui era stata irragionevolmente possessiva, fino a preferire, in ogni caso, la distruzione. «Giorgio?» essa chiede.

«Ho aspettato almeno tre ore, nei pressi di casa tua» egli dice. «Sei uscita dal portone verso le sette e sei salita su di un taxi che ti aspettava accosto al marciapiede di fronte. Eri molto elegante, sicuramente andavi ad un cocktail. Oggi ti sei travestita da povera. Perfino le perle che hai al collo devono essere false. Temevi il colpo dei soldi, vero? Ti travesti da povera, e allora è più facile dire di no se uno ti chiede soldi. Non hai nemmeno un anello al dito, neanche quello matrimoniale. Che ne hai fatto della vera? »

« E Giorgio? » lei chiede con inflessibile, pacata insistenza.

Lui perde di colpo la sua finzione d'aggressività. « Giorgio? » dice. « Non so neanche dirti se l'ho visto o no. Tra l'una e le due, nel palazzo dove abiti tu, sono entrati tre ragazzi sugli undici anni, che tornavano da scuola. Tutti e tre accompagnati da autista, com'è ormai inevitabile. Uno era lungo e magro, bruno, coi capelli lunghi, un maglione blu a collo alto, impermeabile chiaro, a doppio petto, un po' sofisticato per un ragazzetto. Poteva darsi che fosse Giorgio. Ma la voce del sangue, dentro di me, non ha funzionato. Forse funziona solo per i padri decenti. »

Lei rimane aggrappata alle sue preoccupazioni, non si lascia distogliere da racconti di autocompassione. « Sei venuto per Giorgio, dunque » dice riflettendo. E poi, ferma: « Ho parlato col mio avvocato, prima di venire qui ».

« Questo me l'hai già detto » ribatte lui. « Io invece non t'ho ancora detto che anch'io ho parlato col mio avvocato, prima di telefonarti di venire. »

«Spero che ti avrà spiegato che non puoi fare niente contro di me.»

«Niente in che senso?»

«Se tu mi denunciassi per adulterio, ad esempio, oggi nessun giudice mi condannerebbe.»

«Certo, ti manderebbe assolta. Ma nello stesso tempo accerterebbe il fatto.»

«Che fatto?» lei domanda. Riesce a nascondere abbastanza bene la sua paura.

Ma lui quella sua paura arriva a sentirla, torna a prevalere su di lei e non vuol perdere il vantaggio, sebbene sia dubbio se sia proprio ciò quello di cui va in cerca. «Il fatto che da cinque anni vivi in concubinaggio con un tizio» risponde tranquillamente. «Cioè in una condizione dannosa per il sano sviluppo morale e psichico d'un figlio che ha già undici anni e che comincia a chiedersi...»

Lei non riesce a trattenere l'indignazione. «E tu?» chiede con violenza, interrompendolo. «Tu che ti sei fatto le puttane di mezza Venezia, tu saresti nella condizione adatta per educare un bambino secondo i sani princìpi morali?»

Lui la guarda, si direbbe con ammirazione, ma resta incerto se ammiri più la sua violenza o la sua bellezza. Forse tutte e due: lei è bellissima, così piena di sdegno, occhi vivi ed espressione animosa. Però lui vuole, ora, non perdere il suo margine di superiorità, recitare la parte dell'uomo calmo, ragionevole. «Pensa,» dice «pensa che per un magistrato tutto questo sarebbe quasi irrilevante. Per fortuna la magistratura non è stata ancora intaccata da certe mode femministe. Un giudice di buonsenso, non contaminato dalla propaganda di sinistra, assegnerebbe il bambino a me. Non ci credi?» Lei si sta mordendo un labbro, dubbiosamente, in lotta con angosciosi smarrimenti. «Del resto,» egli aggiunge ambiguamente, nel senso che non si capisce bene quale scopo voglia raggiungere «io con le puttane non ci vado più. E nemmeno con le signore perbene come te. Faccio vita casta, attualmente, sarei un padre perfetto.» La guarda, lei a testa bassa, affranta. Ma vuole vincere di più. «In fin dei conti,» dice con cattiveria «tu di figli ne hai anche un altro, con quello là. Un giudice ne tiene conto.»

Lei non nasconde la propria confusione, forse non ha nemmeno più idee per lottare. «Immaginavo che era per Giorgio che mi volevi vedere» dice con sofferenza. «Del resto, l'avvocato me l'aveva detto.»

«Mi dispiace» egli dice pacatamente, e guarda l'orologio al polso, e si ha l'impressione che il dispiacere sia per l'ora che l'orologio segna. Infatti aggiunge: «Ormai il rapido delle 14,36 non arrivi più a prenderlo. Il prossimo treno è alle 17,37. Non vorresti andare a mangiare?».

Si avvia, lentamente, a dire il vero, per darle il tempo di decidersi. Ma lei sta ferma, immersa nei suoi pensieri.

« Davvero non vuoi venire? » le chiede.

Lei s'incammina per seguirlo. Non le importava dove andassero, faceva difficili pensieri dentro di sé, sforzandosi di non odiarlo. Non voleva odiarlo, sarebbe stato peggio. Ma non voleva nemmeno perdere Giorgio. Sarebbe scappata in Svizzera, in America, in Australia. Attilio non le avrebbe negato nulla, non il denaro naturalmente, neanche l'eventuale denaro per far recedere lui dal suo proposito, sebbene possa anche essere vero che del denaro, al momento, non gl'importi nulla, e l'ambiguità del suo comportamento possa confermare il sospetto che nemmeno d'avere Giorgio gl'importi granché, l'impaurirla per Giorgio potendo essere un impietoso modo di giocare con la sofferenza, con la propria più ancora che con quella di lei, ed ecco che lei si sente certa di questa soffocata sofferenza di lui, e lo ama, non può fare a meno di amarlo, come non può fare a meno di odiarlo, e in questo senso si può dire che non sia cambiato niente nel loro tormentato rapporto, era ancora una delle innumerevoli liti attraverso le quali erano arrivati ad amarsi insopportabilmente, a possedersi con rabbia e distruttività ma fino in fondo, e lei farebbe anche l'amore con lui ora, subito, senonché lui ha preso la calle verso San Marco, all'amore non ci pensa, e dice: «Parlami di Giorgio».

Lei fa cenno di no con la testa, più che mai sicura che non è Giorgio ciò che lui ha in mente. Ma lui insiste nel chiedere: «Dimmi, gli piace la musica?».

A fatica, con stanchezza, lei risponde di no. «È stonato.»

È una notizia che lui apprende con sufficiente disinvoltura. «Ah» dice. Ma poi domanda: «E di me?».

«Cosa, di te?»

«Di me non parla?»

«Che dovrebbe dire?»

«Prima hai detto che Giorgio sa che quel tuo uomo non è il suo vero padre.»

Ora lei si sente riprendere dalla diffidenza, può anche essere che di Giorgio gliene importi, se s'ostina tanto a chiedere. «Fino a poco tempo fa» dice dopo averci pensato «quando recitava le preghiere della sera, alla fine diceva: proteggi anche il mio papà vero e fallo felice.»

«E adesso non lo dice più?»

«Adesso non dice più le preghiere. I bambini hanno dei periodi di fervore religioso, poi gli passa. Io credo che sia bene lasciarli liberi, non forzarli né in un senso né nell'altro.»

Certo, che è bene così, lei come madre è di una saggezza confortante. Tuttavia non è questo che conta, adesso. E domanda: «Ma non mi nomina mai? Non ti chiede mai niente di me?».

Lei rimane dolorosamente a riflettere, bisogna rispondere con prudenza, e non conviene certo accennare alla circostanza che Giorgio potrebbe anche sentire disagio per la condizione irregolare in cui si trova, chiamare papà uno che non è il suo vero papà, e perciò del vero papà è meglio non parlare e addirittura dimenticarlo. «Credo che non si ricordi molto di te» dice. «Aveva poco più di tre anni, quando ci siamo lasciati.»

Lui fa un cenno per significare che è d'accordo, più che giusto. Ma il suo pensiero è altrove, ed ecco che si mette a raccontare: «Quando Giorgio era piccolo, non aveva ancora un anno, ero ossessionato dalla paura di morire, di lasciarlo privo di me. Non che pensassi che non saresti stata capace di tirarlo su da sola, non ne ho mai dubitato. Il problema era un altro. Mi dicevo sempre: se per esempio io muoio adesso che è così piccolo, mio figlio non si ricorderà di me, non avrà memoria del padre. E chissà quanta fatica farà a trovarsi una identità, poi, ammesso che senta il bisogno di trovarsene una. Che idee balorde, nemmeno a Freud devono essere venute in mente. Benché, a pensarci bene, la cosa possa anche essere presa alla rovescia, cioè mi preoccupava non l'identità per mio figlio, ma la mia continuità in lui. Sempre la solita nevrosi, paura dell'annientamento. Il tuo uomo, per esempio, ha paura dell'annientamento? Forse, essendo molto ricco, sfugge a queste debolezze. I soldi sono potenza ».

L'improvviso ritorno del discorso al suo uomo, la sconforta, più che irritarla. « Perché parli tanto quando c'è così poco da dire? »

Lui ha un gesto di ribellione. « E invece c'è da dire » afferma con forza. « Forse c'è una cosa che non t'ho mai detto: Giorgio l'ho voluto io. »

Lei si lascia trascinare nella polemica, ribatte vivacemente: « Certo, non ero un'incosciente, io. Non potevo volere un figlio in quel momento. Non eravamo sposati, si faceva la fame, tu non eri ancora diplomato... ».

« Non mi sono spiegato » la interrompe lui, stranamente pacato. « Voglio dire che io so il preciso momento in cui Giorgio è stato concepito. Facevamo l'amore come matti, a quei tempi, non mi bastava mai. Ma non era solo per sensualità, anzi. Forse era addirittura una forma di mia impotenza, comunque d'insicurezza. Avevo l'impressione che tu fossi una specie di bestiola che poteva anche sparire, dopo aver fatto l'amore. »

« Neanche allora capivi niente di me. »

« Dopo che te n'eri andata pensavo: non tornerà più, vedrai che non tornerà più. A volte, avevo perfino il dubbio che non esistessi, che fossi una mia immaginazione. E un giorno decisi: adesso la metto incinta, le metto un figlio nella pancia. E te l'ho messo sul serio, giusto in quel momento. Io so quand'è accaduto. »

Lei capisce che parla d'amore, a quel modo, ma ciò le ricorda più che altro le sue manie e storture, non ne vuol sapere. Preferisce aggredirlo su Giorgio. « E con questo » gli dice « vorresti sostenere che Giorgio è più tuo che mio? » E sebbene egli si stringa nelle spalle a significare che non pensa a stupidaggini di mio e di tuo, lei insiste con forza: « Ero una bestiola, hai detto. Lo sono ancora. Soltanto che tutta la mia animalità, il mio calore, lo metto nei figli. Giorgio, Silvia, indifferentemente. Ucciderei, piuttosto che farmeli portar via ».

Lui si mette a ridere, sembra francamente divertito. « Sei sempre la solita esagerata » le dice. « Che paura hai? Il tuo avvocato sarà sicuramente più bravo del mio, dato che lo paghi meglio. Puoi prenderti un'intera schiera d'avvocati, i più bravi d'Italia. Se ti facessi causa, la perderei. In questo paese, chi ha più soldi ha più ragione. Nel migliore dei casi, ne salterebbe fuori una causa lunga vent'anni. »

Recita, si capisce, ma lo fa con scherno, come se si proponesse di irritarla, e lei, benché se ne renda conto, s'irrita. «Ma io non voglio cause in tribunale» ribatte. «Mio figlio non dev'essere interrogato da magistrati, né messo di fronte a problemi che non capisce e che in ogni caso lo imbarazzerebbero. Io voglio tenermi Giorgio perché ho più diritto di te di tenermelo. L'ho tirato su io, e non è stato facile, in principio, te l'assicuro. Mi avevi lasciata senza un soldo.»

«Non ne avevo neanch'io, se è per questo.»

Lei non si lascia distrarre, il suo rancore è sincero. «Ho fatto di tutto: la commessa, la maestra supplente, la sarta, l'indossatrice. Poi ho incontrato Attilio...»

«Te ne sei innamorata...» la interrompe lui con cattiveria.

Lei lo guarda senza alcuna benevolenza. «È una crudeltà idiota, la tua. Attilio mi vuol bene, e vuol bene a Giorgio, e Giorgio sta bene con noi. Non dico soltanto che non gli manca nulla, questo si capisce. Parlo dell'affetto, del clima familiare. Non rovinare anche questo. Hai già rovinato abbastanza della nostra vita.»

«Nostra di chi?»

«Mia e di Giorgio.»

Lui si ferma a guardarla. È esausta, visibilmente. Può essere contento, se era questo che voleva, e concludere il suo gioco. Infatti le dice, persuasivamente generoso: «Ma io... io non voglio Giorgio ». E siccome lei si stringe nelle spalle, forse con noncuranza, ma può darsi anche con diffidenza, insiste: « Ti assicuro che non lo voglio. Non potrei tenerlo in ogni caso. Fidati di quel che ti dico ».

Ancora lei ha un irritante gesto di sfiducia. « Tutte le volte che mi sono fidata, sono poi finita in un imbroglio. »

È lui il più disarmato, ora, il più bisognoso di sincerità. « Questa volta non ci sono imbrogli. Se non mi credi, andiamo da un notaio, ti firmo tutte le carte che vuoi. Giorgio è tuo, lo so benissimo. Quella cosa che t'ho raccontata del momento in cui t'ho messa incinta non l'hai capita nel giusto significato. Non era il figlio che volevo, volevo te. T'ho ricattata, con la gravidanza, per essere sicuro che non saresti sparita, che saresti rimasta sempre. Poi è andato tutto in malora lo stesso, ma... » Si ferma, sul limite di troppo scoperte parole d'amore, per le quali lei non sembra sufficientemente ricettiva.

Infatti chiede: « Allora, perché m'hai fatto venire a Venezia? ».

Ormai non ci sono più risposte interlocutorie ad una simile domanda, ma d'altra parte anche dirle che l'ha fatta venire perché l'ama non sarebbe facile né del tutto vero, tuttavia non è nemmeno non vero, così finisce per tornare ad accarezzarle i capelli, dando loro l'aspetto d'un tempo, spostati dietro le orecchie, tanto teneramente da averne timore, perciò cade in confusione, e la sua voce, quando alfine parla, rivela qualche traccia d'ironia, della quale sarebbe bene che lei s'accorgesse. « Non lo so » dice. « Forse t'ho fatto venire per questo, solo per questo... » ed è chiaro che vuol significare per quel carezzarle i capelli, e guardarla dentro, ed eventualmente anche esercitare il potere di farla soffrire.

E lei, si capisce, non si sottrae. Quella parte di lei che non ha mai smesso di amarlo, e che pretende d'essere amata sia pure con la sofferenza inevitabile, ora cede senza ritegno. Gli si butta addosso a piangere e ad abbracciarlo. « Ti odio... ti odio... ti odio... » gli dice contro la spalla. « Giochi sempre con me, con le mie paure... Sempre vuoi essere il più forte... »

« Il più forte... Sicuro, voglio essere il più forte » egli dice con un trionfalismo che non ingannerebbe nessuno, se non lei si capisce, anche perché lei continua a piangergli contro la spalla, e non può quindi vedere l'espressione del suo volto, ch'è di profonda malinconia, o peggio tristezza, o chissà mai perfino disperazione. Ma non è ch'egli sia privo di forze e non riesca a lottare contro la disperazione, se non per vincerla, almeno per mascherarla. Le parla, infatti, come ad una bambina, con dolcezza: «Su, basta piangere, adesso. Ti si sciupano gli occhi. Non lo sai che se piangi ti si sciupano gli occhi?». La stacca da sé e le solleva il viso, e lei non ha alcuna vergogna a farsi vedere con gli occhi di pianto, e il naso moccioso, e il volto arreso, con voglia di non resistere. Certo, abbandoni come questo lei non ne ha molti col suo uomo, lui pensa, ma ha il buongusto di non dirlo. Le dice invece, sempre col tono con cui si parla a bambini che piangono: «Ecco, così va bene. Non piangere più. E dimmi che mi odii. Dimmelo ancora: ti odio».

«Ti odio» dice lei sommessamente.

Lui sorride. Meglio di così, in verità, non potrebbe andare. «E adesso dimmi che hai fame» le dice. «Hai fame?»

Lei fa cenno di sì, tirando su col naso, e con gli occhi che sono sempre di pianto.

«Dove vuoi che andiamo a mangiare? Oggi sono pieno di soldi. Andiamo all'Harry's Bar?»

Lei, tra sorriso e pianto, fa cenno di no.

«Alla Taverna, allora?»

Ancora lei fa cenno di no.

«Alla Colomba? Alla Madonna?»

Lei continua a dire di no con la testa, con sempre più sorriso e sempre meno pianto. «Portami da Adolfo» dice.

Lui sorride. «Ci avevo pensato anch'io. Ma non osavo. Non sei più povera.»
«Sono quella di sempre» lei dice.

Adolfo era una piccola trattoria, dove si spendeva poco. Ancora si doveva spendervi poco, stando all'apparenza: era la stessa d'un tempo, vi si mangiava su di una tovaglia di carta. Il padrone, e i camerieri, tuttavia, non erano più quelli d'un tempo, benché avessero la medesima aria d'inadeguatezza di fronte alle occasioni di benessere. O forse le occasioni di benessere andavano a presentarsi ad altri, non a loro. «Sai quant'era meglio se andavamo all'Harry's Bar» egli aveva detto subito appena entrato, ma lei aveva sorriso.

Aveva ordinato una bottiglia di vino bianco ramato, secco e freddo. Aveva versato per tutti e due, naturalmente, ma lei il suo bicchiere l'aveva appena portato alle labbra, mentre lui, il suo, l'aveva subito vuotato, e di nuovo riempito, e poi di nuovo vuotato, ed ora se lo stava riempiendo di nuovo.

«Bevi molto?» lei chiede. «È già il terzo bicchiere che ti versi.»

«Sono molti, tre bicchieri?»

«Sono sempre tre bicchieri.»

Lui cerca di sorridere. «È il primo momento che ti comporti di nuovo come una moglie. Sei sicura che siamo divisi?»

Portano i due piatti di spaghetti, non molto attraenti al vederli. Tuttavia s'incoraggiano a vicenda con un sorriso, prima d'infilarvi le forchette. In effetti, sono peggiori di quanto si potesse prevedere e lui ricorre nuovamente al bicchiere di vino. «Mi dispiacerebbe se bevessi troppo» lei dice. «Una volta eri astemio, quasi. E quando ti capitava di bere diventavi cattivo.»

«Ma non bevo molto» egli risponde. «Sto attento, devo tenermi in forma per il concerto. Ci tengo, voglio che sia la cosa più importante della mia vita.» Poi aggiunge, ironizzando su se stesso: «Del resto non è difficile, è la prima cosa seria che faccio. I ragazzi sono molto bravi».

«Tu sei bravo.»

Lui vorrebbe avere qualcosa di spiritoso da ribattere, ma non trova, si limita a fare un impacciato gesto di noncuranza. E per lei è facile dedurne che quel concerto dev'essere davvero di grande importanza per lui, ed è bene che sia così, ha appena quarant'anni, e un indubitabile talento, e sarebbe anche tempo di non sprecarlo più. Tutti e due si sono dimenticati della pastasciutta.

«Su, mangia» egli dice. «Vuoi farla diventare fredda?»

« Non ho più fame. »
« Non è possibile. Ricordi quanta fame avevi? »
« Non ho più vent'anni. »
« Mangiavi anche tre piatti di pastasciutta di seguito, e non crescevi di un etto. Pelle, ossa, due grandi occhi. Ricordi come ti chiamavo? »
« Mi chiamavi osso, sgorbio, qualche volta anche chiodo. »
« E cosa ti dicevo quando ci portavano la pastasciutta? »
« Dicevi: mangia. »
« Mangia, e poi? »
« Mangia, che dopo andiamo a far l'amore. »
« Ed era bello far l'amore con me? » E siccome lei esita nel rispondere, torna a chiedere impaziente: « Dimmi, era bello? ».
È fatto così, lui. Vuole sopraffare, capace di insistere fino all'esasperazione. Ma in realtà fare l'amore era bello, con lui, sicché lei fa cenno di sì con la testa. Dice, anzi: « Meraviglioso ».
« Allora mangia, su. Non perdiamo tempo. »
Lei riprende ad arrotolare spaghetti intorno alla forchetta, e riesce a farlo con bastante fierezza. « Se credi che dopo verrò a fare l'amore con te, ti sbagli. »
« Non mi sbaglio. »
« Sei matto. »
« Sono matto, crudele, egoista. Sempre stato

così. Del resto, fossi stato diverso, non mi avresti amato. Volevi soffrire, tu. Ti sei dimenticata di quanto t'ho fatto piangere? Più piangevi e più mi amavi. Masochismo, si chiama. »

Sottomessa, subito perduta la precaria fermezza, lei preferisce non rispondere. « Mangia anche tu » dice.

Provano, ma gli spaghetti sono ormai freddi, e poi nessuno dei due ha fame, mentre tutti e due sono convinti ch'è stato un malinconico errore tornare in quel posto. « Faticosa, la ricerca del tempo perduto » egli dice, e lei rimane senza rispondere, distratta da chissà quali pensieri, e lui non può sopportarla tanto chiusa e lontana. « Ricordi i nostri sette volumi di Proust? » egli dice, e lei fa cenno di sì, cosicché non è poi tanto lontana, se così facilmente ricorda. I sette volumi di Proust erano il dono di nozze di un amico comune, e avevano molto litigato, al momento di dividersi, perché lei li voleva, e anche lui li voleva. « Ci sarebbe voluto Salomone, per trovare un giudizio equo » lui dice.

« Non c'è stato bisogno di Salomone » lei ribatte pronta. « Te li sei tenuti tu. »

Ridono, un poco, ma ci vuol altro per disperdere la malinconia che s'interpone tra un ricordo e l'altro, e una frase e l'altra, di quel difficile ritorno. La sua fame d'un tempo non esisteva più e il locale, per quanto non molto cambiato da allora, si rivelava sempre più inadatto ad accogliere stati d'animo tuttora confusi, combattuti, irrequieti, e tutto sommato ambigui.

Fuori, tuttavia, non sembrava andar molto meglio. La marea s'era decisa, stava portando verso l'improbabile mare catene di rifiuti, il riflusso spargeva odori abbastanza mortali, e anche la nebbia cominciava a scendere dall'alto dove l'aveva sollevata il mezzogiorno. Parlare di radio e piangere di bambini formavano la continuità d'un peregrinare la cui utilità appariva più che mai incerta. Calli e sottoportici, muri e fondamente, canali con barche addormentate erano fermi al tempo che si voleva, quindi anche propizi alla ricerca di tempi perduti, a patto che non si volesse ricavarne qualcosa di diverso dalla tristezza. In una simile atmosfera, era del tutto dubbio che l'amore, che pur sentivano dentro sopravvissuto, potesse uscire dalla sfera dell'umiliazione e diventare desiderio. Stavano comunque andando verso San Trovaso, ma vagamente, come non persuasi di doverci arrivare, dato che lì stava la casa dove avevano abitato, e dove lui tuttora abitava. I capelli di lei s'erano appesantiti per l'umidità, e lui sembrava inefficacemente impegnato nella ricerca di qualcosa da dire, qualcosa, si capisce, che non avesse niente a che fare col motivo per cui l'aveva fatta venire a Venezia. Mostrava, di ciò, smarrimento e tormento, e probabilmente si stava arrendendo, ormai voleva solamente trovare il modo di dirglielo con decenza.

« Cos'hai? » lei domanda.

Lui si ferma per guardarla, e dice: « Poveri capelli tuoi, sono diventati spinaci ».

« Sono brutta? »

« Direi di sì. Lascia che ti guardi meglio. »

Le prende il viso tra le mani, le guarda dentro gli occhi, senza parole, chiedendole tuttavia aiuto, ormai è evidente che sta chiedendo aiuto. « Cos'hai? » essa ripete.

Si mette a scostarle i capelli, nel solito gioco d'amore ricordato. « Niente » dice.

« A me non puoi dire niente. »

« Già, tu mi leggi dentro. Me n'ero dimenticato. »

Fa di tutto per difendersi, e lei n'è indispettita, e soprattutto non capisce. « Torni a farmi paura » dice.

E lui, sforzandosi di recuperare una dignità fin troppo compromessa, ribatte: « C'è il rapido delle 18,38. Arriva a Milano alle 21,23. Prima delle dieci sei a casa, come dici tu. Protetta dai soldi ».

Il suo sarcasmo arriva spento, insufficiente a difenderlo. È come un topo incantonato, potrebbe fare del male. «Ho di nuovo paura» lei dice. «Tu puoi farmi del male.»

Questa volta, non si sogna nemmeno di smentirla. «Più di quanto non immagini» dice.

«Sta a vedere se io mi lascio fare del male.»

«Non puoi evitarlo. Sei innamorata di me, sempre.»

Lei abbassa lo sguardo, ed è tutto ciò che può fare. Sarebbe pronta anche al male, purché ne fosse chiara l'utilità, o la necessità. «Bisogna vedere fino a che punto» dice.

«Il nostro rapporto non si è esaurito» ribatte lui. «L'abbiamo troncato noi, ad un certo momento, facendoci violenza, altrimenti saremmo diventati matti.»

Lei reagisce, ritrova un filo d'aggressività. «Tu, l'hai troncato, non noi. E io sarei diventata matta, non tu.»

S'è arrossata in viso, più per lo sforzo di non farsi sentire vinta, che per vera rivolta. «Sapessi quanto mi piaci quando t'arrabbi.»

Lei ora si rivolta, davvero. «E a me non piace affatto arrabbiarmi» dice con forza. «E andiamo via da qui, non posso sopportare questi posti. Portami a San Marco, andiamo all'Harry's Bar, al Florian, dove ti pare. Non qui.»

« Hai tanta paura del passato? »

« Non si tratta di passato. È che non posso più tollerare l'odore di questa città. Muore, torna ad essere fango. »

Lui stranamente sorride, colpito dalla frase che sembra stimolare in lui un compiacimento perverso. Prende una posa si direbbe solenne, e con tono di voce decisamente enfatico, recita: « Ma è proprio questo che la fa bella: muore ».

Lei non frena l'irritazione. « Come l'hai detto bene » dice con tutta l'ironia di cui si sente capace. « Avresti dovuto far l'attore, tu, non il musicista. »

Lui non smette il tono enfatico, né l'atteggiamento provocatorio e solenne. Deve averne dolorosamente bisogno. « Non tutti possono capire » dice. « Certe cose arrivano solo ai semplici. Oppure a quelli che hanno in sé il senso della morte. »

« E tu sei semplice, o hai il senso della morte? »

« Ho il senso della morte. Non l'hai avvertito, tu che mi leggi dentro? »

Lei lo guarda e decide: « Sei un istrione ».

« Dillo ancora » fa lui, come pregando.

Lei capisce che sta andando incontro a qualcosa di indesiderabile, violenza o peggio, forse la ragione che ha cercato da quand'è arrivata, sicuramente maligna, ma altro non può fare che

volerla. Ripete con rabbia: «Sei un istrione, un i-
strione».

Lui ora sta incantato a guardarla, miseramente
grato perché infine trova il coraggio di dire:
«Hai ragione. Ma il fatto è che io sto morendo.
Sul serio».

Questo è vero, è tutto il giorno che lei lo sa, di
questo era fatta la lunga paura. Tuttavia non si
può accettarlo con rassegnazione. «Che significa»
dice. «Tutti stiamo morendo.»

«Ma io morirò presto» dice lui pacatamente,
senza mostrare molto lo sforzo che quella pacatezza gli costa. «Cinque o sei mesi, press'a poco,
hanno detto i medici. E ormai sono cinque mesi
che l'hanno detto.»

La cosa è fin troppo perfettamente coincidente,
tutto portava a ciò, il gioco di sentimenti imposti,
paura e amore e odio e contrastata ricerca, terminando in un'esplicita richiesta di partecipazione ad
una morte che sarebbe anche potuta esserle estranea, e che continua ad apparirle assurda. «Non è
un imbroglio, vero?» domanda smarrita. «Un altro imbroglio?».

Non è facile parlare con semplicità di cose tanto
estreme. «Ho male qui» dice toccandosi sopra
una tempia. «E non c'è niente da fare.»

Non è possibile che mentisca, è evidente, ma
lei deve pur tentare ancora una difesa. «Non è ve-

ro» dice ribellandosi. «I medici non lo dicono, quando uno è malato così.»

«Io sono stato più furbo di loro» risponde. Sembra non voglia dire altro, umiliato dalla propria debolezza per non dire vigliaccheria, a testa bassa s'incammina allontanandosi, e lei per quanto stretta da dolore e compassione non può impedirsi di pensare un attimo che non sarebbe del tutto ingiusto lasciarlo andare, avevano pur scelto strade diverse da molti anni, perché ora venir fuori con una storia del genere, ma è un pensiero che rigetta energicamente, e del resto v'è troppa attesa nel lento allontanarsi di lui, troppa preghiera anche si potrebbe dire. Lei lo raggiunge.

«Prima sono andato da Foschini, qui a Venezia. Come neurologo è bravo, ma è un cattivo psicologo. Ha tanto insistito nel dirmi che non avevo niente, da farmi nascere la paura che avevo qualcosa. Allora sono andato a Padova, da Frossi, facendomi accompagnare da un'amica che fingeva d'essere mia moglie. E a lei Frossi ha detto tutto, le ha dato perfino radiografie ed encefalogramma, perché lei aveva detto che voleva farmi vedere da qualcun altro a Milano. Così so quello che ho, e quello che mi accadrà.» Fa una pausa, sperando che lei dica qualcosa, ma lei è troppo dispersa per trovare qualcosa da dire, e lui ha uno scatto. «Mi faccio schifo» dice. «Perché non sono crepato senza dir niente a nessuno. Uno non ha il diritto di rompere... »

Lei lo interrompe, ora. « Non è possibile che non ci sia niente da fare. Forse qui. Ma in Svezia, in America... Attilio, se io glielo dico... Non devi preoccuparti per i soldi... » Non va avanti, consapevole di star facendo un meschino tentativo per rimanere almeno al margine di quello spaventoso avvenimento nel quale lui bene o male ha voluto coinvolgerla.

Lui lo sente, il disagio di lei, ma che può farci, ha bisogno di tutto. Perciò insiste, per impietosirla: « Uno non ha il diritto di andare da una donna che ha piantato da otto anni a dirle: dammi una mano, aiutami a morire... Non è giusto, anche se tutti e due sappiamo che tra noi due niente è finito. Tu puoi far l'amore con chi ti pare, ma dentro di te, nella tua anima se ti pare, ci sono sempre io ». Sente che anche questo è sbagliato, o quantomeno superfluo, e si affretta a concludere: « A me è sempre mancato qualcosa per essere un vero uomo. Anche in questa circostanza ». E questo è addirittura falso, benché in qualche modo lo pensi sinceramente, ma capisce che sta strumentalizzando tutto, e soprattutto i sentimenti. « Non trovi proprio niente da dire? » le chiede con violenza.

Lei sta fissa a guardarlo, e infine dice: « Vorrei che fossi già morto ». E sa di esprimere in questo modo anche la propria viltà, oltre all'amore e alla compassione, e così torna a sentirsi degna.

Anche lui capisce, le accarezza il viso con un gesto tenero, sforzandosi perfino di sorridere. «Anch'io vorrei essere già morto» dice. «Invece ci vuole pazienza. Verrà come ha da venire.» E quasi volesse far credere che gli basta quanto lei gli ha già dato di pietà e comprensione, aggiunge: «Su, prendiamo un vaporetto e andiamo alla stazione. Il rapido delle 18,48 arrivi a prenderlo».

Lei fa cenno di no. «Portami a casa tua» dice. E siccome lui sembra incerto se accettare, insiste: «Fa freddo, qui fuori. È umido».

«Che senso avrebbe?»

«Noi non abbiamo mai fatto cose che avessero un senso» lei risponde. «Portami a casa tua.»

Ora finalmente può condurla a casa. Non si sa fino a qual punto abbia recitato per conquistare quella pietà di cui ha tanto bisogno, ma non c'è stata menzogna nella recita, il bisogno era vero, ed è vero il male che si porta dentro.

Ora ogni parola, ogni gesto, dovevano raggiungere una tensione non importava quanto dolorosa, non potevano rimanere nella sfera banale della normalità. Una volta evocata, la morte stava su tutto, non era possibile esorcizzarla, contaminava i significati. Si rischiava continuamente di sbagliare. Entrando, lui aveva messo in moto un registratore, e la musica del primo tempo del concerto in Re Minore per archi e oboe di Alessandro Marcello, diffusa da alcuni altoparlanti collocati opportunamente nell'ampio studio, colmava con movimento andante e spiccato le possibili incertezze. Il suono dell'oboe era puro, cadenzato, sicuro. Era lui che aveva suonato, trovando nell'imminenza della fine un suo alto decoro. Lo studio era preparato per l'incisione, con strumenti, leggìi e microfoni disposti un po' dappertutto. In un angolo, separata da vetri, c'era la cabina di registrazione. Pannelli e coperte pendevano qua e là, per rompere le onde sonore. Una pesante coperta imbottita era alzata come una tenda sul finestrone che dava sopra un paesaggio di tetti e di campanili storti, già mezzo inghiottito dalla nebbia e dalla notte. Lei stava seduta nell'ampio divano sotto il finestrone, si lasciava riempire dalla musica, sforzandosi di rimanere attaccata alle note dell'oboe, con ostinata attenzione. Ma, naturalmente, non poteva allontanare del tutto il pensiero del male di lui, e della propria incidenza su quel problema che d'un tratto era diventato così dolorosamente comune. Quando il primo tempo finì, cominciò un silenzio che rischiava di divenire presto opprimente.

« Sei bravo » lei dice.

Lui va ad arrestare il registratore che ora emette solo continuo fruscìo. « Questa sera registreremo l'Adagio. È la parte più difficile per me, temo di perdere la misura. Qualche accordo in crescendo degli archi, poi l'a solo dell'oboe, teso, filato, attardato da tirar fuori l'anima. Il pericolo è di lasciarsi andare, di cedere all'autocompassione. » Accenna le prime battute dell'oboe, a solfeggio cantato, segnando il tempo con la mano alzata. « Pensa, » dice smettendo « pensa che è stato scritto quasi trecento anni fa, nel pieno splendore di Venezia, ed è il lamento funebre per questa città che finalmente va a farsi fottere. E io con lei, a quanto pare. » Gioca ancora sulla violenza e sull'estro delle parole per nascondere ogni eventuale cedimento, ma si capisce che lo fa per lei, un povero tentativo d'esibizionismo. Fosse solo, cercherebbe di non fermarsi a pensare, probabilmente. « Qualche volta, di notte, » dice « quando non ce la faccio a dormire, vengo a questa vetrata, la apro e ascolto. Ascolto a lungo, sebbene non ci sia niente da ascoltare all'infuori del silenzio. Sa morire con dignità, questa vecchia puttana. Non si cura di coloro che vogliono salvarla, vuol tornare ad essere fango, come dici tu. Del resto, sono sparite Ninive, Babilonia, Menfi, perché dovrebbe sopravvivere questa? Anche la morte è necessaria, quando viene il suo tempo.» E cita: «*Ha la sua ora tutto - e il suo tempo ogni cosa - sotto il cielo...*».

«È il tuo Ecclesiaste?» domanda lei.

«Sì. *C'è il tempo di nascere - e il tempo di morire...*»

«Io resto con te» lei dice. «Non torno a Milano. Attilio capirà.»

«Tu prendi il rapido delle otto e mezzo» ribatte lui brusco. Manovra una cordicella, fa scendere la pesante coperta sulla vetrata. La città rimane fuori, a finire il suo giorno nella nebbia. «Mi dispiace» egli dice. «Non potrò accompagnarti alla stazione. I ragazzi vengono proprio a quell'ora.»

Lei si alza, va a mettergli vicina, per forzarne l'attenzione. «Tu non vuoi tentare l'operazione?» domanda.

«Non ci penso nemmeno» lui risponde. «Se fossi sicuro che mi ammazzano, potrei anche farmi mettere i ferri addosso. Ma immagina se sopravvivessi cieco, o paralizzato, o mezzo demente. Per carità. E poi, sono preparato alla morte, devi credermi. Non giudicare da oggi. Oggi non mi sono comportato bene.»

La lascia, e va lui a sedersi sul divano, ora, i gomiti appoggiati ai ginocchi, la testa sostenuta dalle mani. Continuamente accenna a toccarsi là dove ha male, ma lo fa senza pensarci, e quasi sempre si ferma, accorgendosene. La guarda, e si sforza di sorridere, come per rassicurarla di qualcosa, che non ha bisogno di nulla, o che, magari, non si dispiace per il suo silenzio. Ma, naturalmente, non fa che cercare la sua pietà.

Lei torna a sedersi, non più sul divano, sul pavimento, ai piedi di lui. Gli prende una mano, se la porta alla bocca, gli bacia le dita. Meglio così, che cercare parole difficili da trovare, e chissà mai anche quanto poco persuasive, una volta dette.

« In questi giorni, » lui dice « mentre t'aspettavo, immaginavo ogni particolare della giornata che avremmo passato insieme. Saremmo andati a rivedere i posti che più ci piacevano quand'eravamo ragazzi, l'ultima parte di Venezia verso la Marittima, dove è più facile baciarsi perché per le calli non passa mai nessuno, e se qualcuno arriva, lo senti da lontano. C'è un canale con tutte gondole ai lati, messe a riposo per l'inverno. E case modeste, come di campagna, e campielli con biancheria ad asciugare, e bambini che giocano al pallone. Passeremo di qui, mi dicevo, guarderemo tutte queste cose e parleremo. Non abbiamo mai veramente parlato, noi due. Abbiamo sempre fatto l'amore o litigato. Questa volta mi sarebbe piaciuto parlare di cose qualsiasi, le più stupide possibile per non trovar da discutere, e tu avresti capito, dopo. Dopo avresti capito, ma senza soffrire molto, e magari me ne saresti stata grata, mi avresti ammirato. Invece ci siamo messi a litigare come il solito, e poi, al primo momento buono, t'ho spiattellato: guarda che sto morendo. Non sono cambiato. Autocompassione, narcisismo, insicurezza, e le piccole astuzie di tutti i bambini che vogliono attenzione e simpatia. Non ce l'ho fatta a crescere, io.»

«Se non vuoi che resti io a Venezia, vieni tu a Milano» lei dice.

«A casa tua? Metti una sera a cena. Recitato col morto a tavola, questa volta.»

«Non pensavo a casa mia. Una clinica. Ma potrei starti vicina, ogni giorno.»

«No. Ho la registrazione.»

«Ma dopo la registrazione?»

«No. Io non potrei morire...» Si ferma, cercando una più appropriata forma per ciò che pensa. E riprende: «Non potrei aspettare la morte in una città diversa da questa. E non perché vi sono nato e vissuto, o perché la amo e la odio, ma perché le appartengo, come fossimo una cosa sola. È malata come me. Milioni di cancri se la stanno mangiando, moriamo insieme, e per me è meno duro accettare. Hai mai letto *Morte a Venezia?* ».

«Sì, forse sì, tanti anni fa.»

«Anch'io l'avevo letto tanti anni fa e non ricordavo. Ora l'ho riletto. Sai, con un titolo simile, quando si trova nella mia condizione uno va in cerca di tutto. Bene, mi sembra d'averlo capito soltanto ora, quel libro. È la storia d'uno scrittore tedesco, un professore, uomo pieno di rettitudine e nobilissimi pensieri. Viene qui al Lido, a passare una vacanza al Des Bains, e si prende una cotta spaventosa per un ragazzetto. Non lo sfiora nemmeno con un dito, si capisce, ma sta lì a mangiarselo con gli occhi, a morirci sopra coi pensieri. Bene, a Venezia scoppia il colera, cioè lui s'accorge che v'è un'epidemia già in atto, che le autorità si sforzano di nascondere. E lui zitto. Oh, la gioia con cui presente che la propria lebbra morale si mescolerà con la immonda morte di tutti! Ed è proprio così. Quando sei fottuto, l'unica cosa che può consolarti è che insieme a te siano fottuti anche gli altri. Sono pieno di odio da soffocare. »

« Non è vero. »

« Alle volte incontro gente per strada, o in vaporetto, gente qualsiasi, mai vista. Li guardo fisso e penso: perché a me e non a loro? a me e non a loro? E li odio. Anche te. T'ho chiamata per odio. Per farti male. »

« Non è vero » ripete lei senza stanchezza.

Lui le posa una mano sui capelli, e dice: « Non è vero. Però tu non dire più che resterai qui o che mi porterai a Milano. Io sono psichicamente debole. Lo sono sempre stato, immagina ora. Perciò devi andartene col tuo rapido, senza fare storie ».

« C'è ancora un treno dopo il rapido. »

« L'espresso delle 21,18. Arriva a Milano alle 0,12. »

« Lasciami prender quello. »

« Se mi prometti di non fare storie al momento di andartene. Non riuscirei a sopportarle dignitosamente. Prometti? »

« Va bene. »

Lui si alza, va al telefono che sta sul pianoforte a coda che occupa tutto un angolo dello studio, e compone un numero. Quando sente la chiamata, si rivolge a lei. « Vieni. Ho fatto il tuo numero di Milano. Avverti che arriverai alle 0,12. »

Lei prende la cornetta che lui le porge, e risponde subito: « Giorgio? Sono la mamma... Sì, da Venezia... » Lui è rimasto lì accanto. Lei copre il microfono con la mano, e mentre si sente confusamente la voce lontana del loro figlio, gli chiede: « Gli vuoi parlare? ».

Lui si affretta a far cenno di no con la testa, e ad andarsene via, dalla parte dei servizi. E lei si rimette attenta a ciò che intanto le sta dicendo il figlio da Milano, e quando finalmente quello le lascia spazio, gli dice: « Per favore, Giorgio, di' a papà che non arriverò col rapido... No, non importa che lo chiami, diglielo tu... Digli che non arriverò col rapido, ma col treno dopo, alle zero dodici... Sì, dodici minuti dopo la mezzanotte... Digli che non venga alla stazione, prenderò un taxi... Digli anche che tutto va bene... Che non si preoccupi... Sì... Ciao... ciao... Metti giù. Allora metto giù io. Ciao ».

Mette giù, e rimane a pensare. Giorgio, con la sua infantile insistenza per sapere tutto, le sue domande sciocche e inutili tanto per perdere tempo e rimanere a chiacchierare con lei, però, benché sapesse che era andata a Venezia per vedere il suo padre vero, non aveva chiesto nulla del suo padre vero. Meglio così, in fondo, visto che questo padre vero stava per morire, e la morte è un avvenimento dal quale è preferibile che i bambini rimangano lontani. E non solo i bambini, pensa, e in verità è bastata una telefonata, un contatto sia pure fragile e rapido col figlio e la casa di Milano, per farle sentire duro, e chissà mai forse anche non del tutto giusto, il ritorno a quel problema di morte, un calice che peraltro non può allontanare da sé, dal momento che l'uomo che sta per morire lei lo ama. Deve ripetersi che lo ama, lo ama, e non è soltanto pietà. Aveva sentito voglia di far l'amore con lui, prima di sapere.

Tuttavia non è su questo genere di pensieri che conviene fissarsi. È contenta che lui sia andato di là per discrezione mentre lei telefonava, così non ha sentito che Giorgio non ha chiesto nulla del suo padre vero. È contenta anche che tardi a tornare, v'è stata troppa tensione nel loro incontro, fin dal mattino, si ha bisogno d'una pausa. Prende in mano dei libri che stanno sul pianoforte, li sfoglia, vi legge qualcosa. E guarda una fotografia di se stessa, in una cornice d'argento, messa bene in mostra. Una fotografia di qualche anno fa, si capisce, quando teneva i capelli dietro le orecchie.

Lui torna, va al tavolinetto dove stanno le bottiglie dei liquori, si versa da bere. «Vuoi un whisky anche tu?» le chiede. «O preferisci che ti faccia un caffè?»

«Whisky, grazie.»

«Ghiaccio?»

«No, come lo prendi tu.»

Lui viene a porgerle il bicchiere, lei lo porta appena alle labbra. Non ha voglia di bere, ma stare col bicchiere in mano, e dire parole come grazie, prego, whisky, ghiaccio, abbastanza lontane dai sentimenti, rende più facile il rapporto. Peccato che non si possa continuare a parlare di niente. Tuttavia ci prova. Chiede scherzosamente: «Eri tanto sicuro che sarei venuta qui da te?».

«Perché?»

«Hai messo la mia fotografia lì. In mostra.»

«La tua fotografia sta sempre lì.»

Insiste scherzando: «E le donne che vengono da te, cosa dicono?».

« La donna che viene a far le pulizie dice che sei bella. Crede che sia la fotografia di una che fa del cinema. »

« Non la donna delle pulizie. Le altre. »

« Le altre » fa lui evasivamente. Ma poi aggiunge: « Negli ultimi tempi ho sempre preferito donne che si pagano. Non posso più sopportare le complicazioni ».

« E quelle cosa dicono? »

« Nessuna a guardarti crede che tu sia mia moglie. Troppo bella, dicono. Allora io racconto loro che eri mia moglie e poi te ne sei andata con uno pieno di soldi. E loro dicono che si vede che hai la faccia da puttana. »

« Ho la faccia da puttana? » lei chiede provocativamente.

« Sì. »

Ora bisogna spingere la provocazione un poco più avanti, non importa quanto sforzo, e forse dolore, ciò costi. « Anche dentro sono puttana? » chiede.

« Chi non lo è? » risponde lui, e le si avvicina e comincia a scompigliarle i capelli con un gesto di carezza che penetra fin sotto la pelle, e v'è speranza che vi sia qualcosa di sincero, nel gesto, o per meglio dire qualcosa di dimentico, per quanto improbabile sia dimenticare la figura d'una morte tanto precoce.

Lei, appena un po' tesa nella volontà d'essere donna, chiede: «Vuoi che mi spogli?».

«Sì, per piacere.»

Lo fa lentamente e sorride, sia pure non senza malinconia, togliersi la giacca in fondo è facile, e anche la camicetta, ma qui ci vuole un po' più di risoluzione perché lei non ha il reggipetto, sotto, e il suo piccolo seno appare subito, e si capisce che non è più un seno da ragazza, ma è ugualmente bello, tenero, si potrebbe dire casto. Ora prende lo scorrevole della chiusura della gonna, e sta per tirarlo giù, ma si ferma. Sa benissimo che lui non si è mosso, che è stato lì immobile a guardarla, vorrebbe sapere con quali pensieri. Alza gli occhi su di lui, e vede nel suo volto ammirazione e devozione, ma non compiacimento, e tantomeno desiderio, e ci vuol poco a capire che per lui il suo corpo nudo è solo una dolorosa parte del mondo che sta per lasciare. «E tu?» gli chiede.

«Io cosa?»

«Se non ti spogli tu, non posso spogliarmi io. Non è giusto.»

Egli la guarda, pacatamente, e pacatamente dice: «Io ti amo».

«Non sono una puttana» lei dice, piena di voglia di piangere. «Vorrei esserlo, te lo giuro. Non ce la faccio. Lascia che mi rivesta.» Si riprende la camicetta e torna ad indossarla.

Lui le viene vicino, perfino la aiuta ad allacciare i bottoni, però è sempre tentato dai capelli. I capelli, in fondo, potrebbero anche non essere sesso, capelli come i suoi specialmente, sottili e lisci, come di bambina. «Dio, cosa abbiamo fatto della nostra vita» dice, ed è chiaro che i suoi pensieri non hanno nulla a che fare con l'occasionale impotenza, ma si riferiscono ad una frattura e separazione, che soltanto ora si può dire quanto sia stata ingiusta.

«Vuoi dire che ci sono stati troppi sbagli?» lei domanda sommessamente.

Lui non può certo negare che ci sono stati troppi sbagli. «Ma non è stata colpa tua» dice. «Io ero più possessivo di te. Tu ti davi tutta quando facevi l'amore. Non avevi riserve né paure. E io ti prendevo tutta, e avrei voluto anche di più, e nello stesso tempo mi spaventavo.»

«Di che?»

«Del tuo essere donna, il tuo modo di godere. In realtà non capivo niente. Che potevo capire, ero un ragazzo. Sono ancora un ragazzo. Non diventerò mai uomo, non ne avrò il tempo.» Ecco che è tornato a parlare scopertamente del male, e del resto non c'è molto altro di cui si possa parlare. «Bisognerebbe sapersi rassegnare» dice ancora, e va via da lei. Torna a sedersi sul divano, sta in silenzio, a interrogare le proprie vertigini. «Bisognerebbe» dice ancora «non pensare mai tra un anno o tra un mese. Nemmeno tra una settimana. Alle volte mi dimentico e penso: la primavera ventura. Non c'è primavera ventura.»

Lei sta in piedi, sola, aggredita dal dolore. «Basta, ti prego. Basta, basta» gli dice.

«Hai ragione, basta.» Si alza, va a prendersi dell'altro whisky. Sta col bicchiere in mano, e con l'altra mano si accarezza i capelli, da quella parte. Ci pensa, è inevitabile. Le cellule stanno prodigiosamente crescendo, a creare la sua morte. «La prima cosa che mi accadrà,» dice «il segnale della fine, voglio dire, sarà che non ci vedrò più. Così mi hanno detto. Una mattina magari apro gli occhi e sarà buio. Oppure capiterà a poco a poco, non si può dire. Anche ora alle volte mi sembra di non aver la vista tanto buona, vedo delle macchie che mi si muovono davanti. Ecco che sta venendo, mi dico. Ormai guardo le cose in un modo curioso, perché vorrei raccogliermele dentro. Ti sei accorta di come ti ho guardata tutto il giorno? Col tormento di non perdere niente di te. Non voglio perderti. Quando non vedrò più nulla, voglio vedere te, occhi e capelli e bocca, e le piccole rughe, fino all'ultimo istante.»

Lei ora sta piangendo senza ritegno, ma anche senza rumore. «Basta» riesce a dire.

«Ecco perché t'ho fatto venire a Venezia. Mi

serviva qualcuno con cui soffrire insieme. È crudeltà, lo so. Mi perdonerai. Il fatto è che mi sono accorto che sono stato sempre solo, dopo che tu sei andata via. Solo. E quando ti capita una cosa come questa, non è che puoi parlarne soltanto coi medici o con le puttane. Ci vuole qualcuno che si prenda una parte del tuo dolore. Le puttane scappano, quando gli dico che ho un cancro al cervello. Oppure si fanno pagare di più, anche se ormai l'unica cosa che voglio da loro è che mi stiano a sentire. Tu invece mi stai a sentire senza farti pagare.» Ha fatto il suo buffo tentativo d'apparire spiritoso, e conclude: «Era questo che volevo da te».

Lei piange, sommessamente, non si sa con quanta utilità.

«Non piangere» lui le dice. «Ora la smetto. La smetto davvero. Mi faccio schifo. Però una cosa devi capire: io ti amo anche senza far l'amore.»

«Lo so.»

«Non ti ho mai amata quanto adesso. Altrimenti, perché mai ti avrei chiamata?»

«Neppure io ti ho mai amato quanto adesso.»

«Allora tutto va bene. Nel migliore dei modi possibili.»

Va a prendere il bicchiere di whisky che lei aveva lasciato su di un tavolino, e glielo porge. Lei piange appena appena, ora, addirittura si sforza di sorridere, sebbene senza grandi risultati. Bagna un poco le labbra nel liquore che nemmeno le piace. «Mi fai sentire ancora l'Allegro?» lo prega.

Lui invece si beve d'un fiato tutto il suo whisky, poi entra nella cabina di registrazione, armeggia con un apparecchio. Ha movimenti sicuri, sta attento a ciò che fa, probabilmente non è affacciato sulla propria morte, in questo momento. È al suo posto, si può dire, sta dentro i limiti delle sue brevi speranze. Ed ecco che dagli altoparlanti escono fruscii, e soffici rumori, e stridere di corde di viole e violini che vengono accordati. Poi una voce: «Pronti?» e subito altre voci, e in mezzo c'è la sua, più matura delle altre. «Prego, silenzio.» «A posto i violini?» «Ancora una prova?» «No, si registra.» «Attenzione, allora: si registra.» Lei è attenta, come se tutto ciò non fosse già accaduto, ma accadesse ora, con presenze invisibili. Annuncia una voce: «Anonimo Veneziano. Concerto in Re Minore per oboe ed archi. Primo movimento, Allegro. Al cinque dal via, partenza». Un attimo, e poi: «Via!». Cinque tempi, e l'inizio dell'Allegro prorompe coi violini, in crescendo, finché viene l'oboe con note staccate, ferme, rapide. Lui abbassa il volume e torna da lei.

Lei, ferma ad ascoltare, gli sorride: «È bellissimo».

«La registrazione è buona, tenendo conto che lavoriamo qui, con mezzi di fortuna. Anche la cabina di registrazione l'abbiamo fatta noi, i ragazzi ed io. Il disco verrà fuori, se avrò il tempo.»

«Avrai il tempo.»

«È importante per me finirlo. È tutto ciò che resterà di mio, dei sogni, delle ambizioni. E mio figlio... Sai, quel pensiero di cui ti parlavo, che mi ossessionava quand'era piccolo, non avrà memoria di suo padre... Torna ad ossessionarmi in questi giorni. Vorrei che si ricordasse di suo padre, non di come sono fatto, naturalmente. Non mi sogno nemmeno d'andarlo a cercare per dirgli: guardami, sono tuo padre, hai il dovere di ricordarmi. Non sono tanto insensato. Ma tu, quando sarà grande, gli farai sentire la registrazione e gli dirai che quello che suona l'oboe è suo padre. Gli dirai che non ha fatto niente di meglio, ma questo l'ha fatto, meglio che ha potuto. Peccato che non capisca niente di musica.»

«Non è vero. Capisce.»

«Stamattina m'hai detto ch'è stonato.»

«L'ho detto solo per farti dispetto.»

La guarda, sconcertato, ma compiaciuto, anche, sorridente. «Non cambierai mai, tu.»

«Mai.»

Aiutati dalla musica, erano tornati ad un'atmosfera più distesa. Il concerto era bello, lui ne era orgoglioso. Andò al tavolino dei liquori, a prendersi un altro whisky. Lei, il suo, l'aveva ancora quasi tutto nel bicchiere. Il tempo Allegro finì, e di nuovo si udirono rumori e voci. «Per me va benissimo.» «Anche per me può andare.» «Sì, ma facciamone un'altra. Subito, senza perdere tempo. Siamo affiatati...» Entrò nella cabina e spense il registratore.

Ora c'è silenzio nel vasto studio, e il silenzio è qualcosa di cui si deve diffidare, c'è bisogno di cose da dire, affinché non si possa pensare a carenza di sentimenti, o altro. «Lo annunciate come Anonimo Veneziano» lei dice. «Davvero non si sa chi sia?»

«Per molto tempo questo concerto è stato un mistero» lui dice, con tono un po' didascalico, forse contento dell'occasione di parlarne. «Lo attribuivano a Vivaldi, perché stava in mezzo a un certo numero di concerti di Vivaldi rielaborati da Bach. Poi saltò fuori un'edizione originale firmata Marcello e, si capisce, pensarono a Benedetto Marcello. Infine, un quarto di secolo fa, scoprirono un'altra edizione stampata ad Amsterdam ai primi del Settecento, col nome giusto, Alessandro Marcello, un fratello più vecchio e meno celebre di Benedetto. È bello che ad un certo momento salti fuori un po' di posto anche per i meno celebri.» Ora coinvolge pure se stesso, è fin troppo evidente, nelle fortune dei meno celebri. Un po' d'autocompassione non gli fa male, è sempre stato propenso ad approfittarne, ed ora si deve aiutare con tutto. Finché arriva alla naturale conclusione: «Tutti noi, in fondo, siamo anonimi veneziani». Va a versarsi dell'altro whisky.

«Non bevi troppo?» domanda lei con sprovveduta sollecitudine. Come può bere troppo uno che ha una settimana, forse due, di vita?

Ma lui è troppo preso dal concerto per rilevare la sua stupidaggine. Risponde seriamente, mostrando il bicchiere. «Guarda, è appena un goccio. Ho la registrazione, stasera.» Fa una pausa, scuotendo la testa, evidentemente disapprovandosi, ma non troppo. «Mi scopro completamente diverso da quel che credevo» dice. «Sono vissuto nella certezza d'essere un cialtrone senza dignità, e non è detto che non lo fossi. E adesso che sto per crepare, proprio adesso che potrei capire nel suo più soddisfacente significato la verità che tutto è vuoto niente, ecco che mi salta fuori questo meraviglioso senso del dovere, della missione da compiere, il concerto per oboe da lasciare ai posteri, o quanto meno al pargoletto. E va bene, mi sacrificherò al dovere. Ma quando la registrazione sarà finita, mi ubriacherò da matto tutti i giorni che mi resteranno. Non più capolavori da portare a termine. Lo sai che ogni anno, a Venezia, qualche ubriaco va a finire in acqua e ci rimane? »

Si ferma su quella domanda, che del resto non è neppure una domanda. Una fortuna da niente, morire annegato, senza accorgersene, ubriaco. Perseguendo una finale indegnità. Guarda lei, che è andata a sedersi sul divano e sta lì a testa bassa, sconsolata, forse poco convinta dell'improbabile morte per acqua. « Vedi com'è difficile » lui dice. Si sta dividendo il whisky in piccoli sorsi. « È tutto difficile. Cerchiamo tempo per stare insieme, e poi non abbiamo niente da dirci. Non pensi che sarebbe meglio se andassi a prendere il tuo rapido? Prenotazione e supplemento già pagati? »

Lei si limita a scuotere la testa per rispondere di no, ma può darsi che ci sia più rassegnazione che convinzione nel suo voler restare.

« Capisco che non c'è molto da stare allegri » lui dice con un sarcasmo del tutto involontario. « Ma piuttosto che vederti così, preferisco che te ne vada subito. »

Ha ragione da vendere, si capisce. Si fa forza, beve perfino il whisky che le rimane nel bicchiere. E poi si alza, addirittura va a versarsene dell'altro. « Scusami » gli dice mentre gli volta le spalle. « Il fatto è che mi sento del tutto inutile. »

Non è una frase vuota, né sbagliata, infine permette di avvicinarsi alla verità, o almeno a dei sentimenti. «Inutile?» fa lui. «Prova ad immaginare cosa sarebbe stato questo mio giorno senza di te.»

«E domani? E dopodomani?» lei dice.

«Domani vivrò di oggi. E dopodomani ancora. E non ci saranno molti dopodomani.»

Ecco, adesso la morte è di nuovo lì, obbligatoria presenza. Tanto vale affrontarne la necessità, per quel che si può. Si avvicina al pianoforte, dove stanno i libri. «Prima,» dice «mentre stavi di là, ho sfogliato i tuoi libri, quelli che tieni più a portata di mano. Ci sono delle frasi segnate qua e là, con più o meno forza. Una mi ha colpito più di tutte.» Prende in mano un volume, s'intitola *Irrealtà quotidiana*. Trova rapidamente la frase segnata, e legge: «Il suicidio come intervento dell'uomo in uno dei due fatti che gli sfuggono, la vita e la morte».

«Ottieri» lui dice. «È un bel pensiero, no? E poi, corregge un poco la mia infatuazione per l'Ecclesiaste, che dice che nessuno può niente sul giorno della morte. Qualcosa si può.» Pronuncia la frase con forza, ma il risultato è soltato un po' di retorica. Continua con maggiore prudenza: «È naturale che uno pensi al suicidio, quando gli capita una cosa come questa. Il padreterno ti vuol fregare e tu, con un anticipo che è magari del tutto ridicolo, lo freghi».

Così va abbastanza meglio, sebbene, allo stato attuale delle cose, l'affermazione suoni alquanto azzardata. Essa infatti dice: «Ma non ti sei ucciso».

Lo dice rimanendo assorta in una sua continuazione di pensiero, senz'ombra di provocazione, benché, se del tutto priva di provocazione, un'osservazione del genere possa sembrare piuttosto stupida. Anch'egli segue pensieri propri. «Ho il concerto» risponde ragionevolmente. «Voglio lasciare il concerto a mio figlio. Sono stato un padre troppo cialtrone per non sentire quest'obbligo.»

«E dopo il concerto?» domanda lei senza guardarlo.

«Ci penserò.»

Lei lo guarda, ora, e dice pacata: «Tu non ti ucciderai».

È arrivata dunque alla provocazione, sembra. Egli ha un gesto scopertamente irritato. «Vuoi dire che non sono un Hemingway, vero? Non lo sono. Del resto, non è detto che tutti debbano essere toreri.»

Lei lo guarda sempre, sempre pacata. «Ci sono uomini migliori dei toreri.»

Parla così, senza che si capisca se vi sia un disegno più vasto nel suo parlare. Tuttavia questo è un parlare giusto, non argomenti d'evasione, bensì morte, suicidio, lasciare qualcosa di non indecente dopo di sé. Avendo qualcuno che si ama, è naturale che ci si preoccupi della decenza. «Vorrei che tu capissi che la morte non mi fa paura» egli dice. «È la paura della morte che mi fa paura. Non è un gioco di parole. Se accadesse senza che me ne accorgessi, non me ne importerebbe niente.» S'interrompe, sconsolato, essendo fin troppo chiaro che non è proprio necessario avere un cancro in testa per arrivare a un così alto grado di stoicismo. La morte, in sé, non è male per nessuno, a patto che la si spogli della paura. «Sempre» ammette onestamente «ho trovato qualcosa di affascinante nella morte. Terrore e attrazione. Da bambino, quando credevo in Dio, le sere che andavo a letto con la certezza d'essere senza peccati mortali, pregavo di morire durante il sonno. Mi sarei svegliato in paradiso. Adesso il paradiso è il nulla. Ma anche il nulla può essere paradiso sufficiente. Non solo per me, sai. Per tutti.»

Lei l'ha ascoltato senza seguirlo. I suoi pensieri sono più vicini e concreti, non si lascia distogliere. «Anch'io, se mi trovassi al tuo posto, penserei di uccidermi» dice. «E anche a me mancherebbe il coraggio. E anche so cos'è la paura della paura. Perciò sarei riconoscente ad uno che mi aiutasse. Non so, io dormo, e lui mi spara, per esempio.»

Questa, tutto sommato, è una proposta sensata. «Tu lo faresti per me?» domanda.

« Sì, credo di sì » lei risponde.

Non c'è da dubitare della sincerità, almeno contingente, di questa affermazione. Concorrendo le circostanze, potrebbe farlo. E per lui sarebbe un modo più semplice, e sicuramente meno solitario, di morire. E uno che deve morire entro un termine senz'altro breve potrebbe anche passar sopra a certi scrupoli, ai quali peraltro egli non si sente di passar sopra. « Non preoccuparti » risponde sforzandosi di parlare di sé come se parlasse d'un altro. « Foschini non è uno di quei medici che ti tengono in vita per forza anche quando non è più giusto che tu viva. Già ora mi dà tutto quello che serve per allontanare il dolore, e anche per soffocare l'angoscia. Vedi come sono sereno, ora. Prima, quando sono andato di là, non è stato perché non volevo sentire la tua telefonata a Milano. Sono andato a farmi una iniezione. Ho imparato a farmele così, attraverso i pantaloni, come i morfinomani. E ora sto bene, proprio bene. Se vuoi, possiamo anche far l'amore. »

Circa il suo star bene, e soprattutto circa la sua volontà e capacità di far l'amore, si possono nutrire non pochi dubbi. Ha parlato con troppa enfasi per essere del tutto sincero, il suo male non è cosa che possa passare facilmente in seconda linea, e nemmeno la paura della paura. « Se vuoi » lei dice con mite fermezza « possiamo morire insieme. »

Questo sarebbe un altro modo, meno solitario ancora. Ma non accettabile, per un'infinità di ragioni, tra le quali, onestamente, bisogna mettere anche quella che lui non è ancora del tutto preparato alla morte. Altrimenti, perché mai l'avrebbe fatta venire? «Stupidaggini» dice sforzandosi di sdrammatizzare. «Foschini ha detto che non me ne accorgerò nemmeno, e io gli credo. La scienza è in grado di farlo. Tutti potremmo morire in pace, se tutti i medici fossero come Foschini, che pensa che il dolore è ingiusto, e che la paura è più ingiusta del dolore.» Non si sa nemmeno se crede a ciò che dice, o se gliene importi qualcosa, in questo momento. Lei è lì, e non ha senso ciò che è privo d'un rapporto immediato con lei. Ha pur detto che sarebbe pronta a morire insieme a lui, e rifiutarlo potrebbe anche essere viltà, non coraggio o generosità. «Adesso finiamola con questa storia» dice irritato. «Io sono immortale, se voglio. Basta fregarsene. Cerca di fregartene anche tu.»

Lei va a sedersi sul divano. È stanca, forse, certo smarrita. Sta sul limite di qualsiasi accettazione, però col pensiero volutamente concentrato su quell'unico problema, e su di un artificioso rimescolìo di sentimenti. Voler morire insieme a lui è un'offerta puramente emotiva, e ciò non vuol dire che non lo farebbe, ma potrebbe farlo solo limitando se stessa a lui, per amore, naturalmente, non per semplice pietà. La pietà non cancella il problema di Giorgio e di Silvia, e della banale conservazione. C'è da scoraggiarsi, e da dubitare di se stessi.

Lui viene a portarle un grosso pacco. «È un regalo per te» dice.

Lei si prende il pacco sui ginocchi, senza curiosità di guardare. Davvero, è troppo stanca, e incerta. Non vorrebbe nemmeno essere lì, ma è scontenta di pensarlo, dipende da un'acuta percezione della propria impotenza, che passerà presto, si spera.

«Non guardi nemmeno cosa c'è dentro. È bello, sai. Sono sicuro che ti piacerà.»

Lei scarta, meccanicamente. Ma appena guarda si fa attenta. È un tessuto, davvero prezioso, un broccato d'oro. Si lascia prendere subito, femminilmente. «È stupendo» esclama svolgendolo. E poi: «Chissà quanto t'è costato».

Lui non può fare a meno di sorridere, lei così saggia e parsimoniosa, sempre preoccupata per i soldi anche quando non è proprio il caso di preoccuparsene, poiché se è vero che soldi non ne ha poi tanti, altrettanto vero è che quei pochi non se li potrà portare con sé, quando prossimamente accadrà. «Non m'è costato molto» risponde. «Sono tessuti che fabbrica un mio amico. Anzi, li fabbricava, con antichi telai a mano. Faceva i vestiti per le regine. Adesso le regine non ci sono più, gli antichi telai stanno silenziosi in un enorme stanzone, ancora coi fili impostati, come ragnatele. Anche in questo modo Venezia finisce. Vuoi uno specchio?»

Lei fa cenno di sì. Il meraviglioso tessuto, svolto le illumina gli occhi, vuol vedere addosso a sé il vestito delle regine.

Lui apre l'anta d'un armadio, nell'interno c'è uno specchio grande abbastanza per potervisi specchiare interi. E lei si specchia drappeggiandosi, si guarda con crescente compiacimento, forse anche troppo dimentica della situazione. Finché non le arriva la voce di lui. «Nella vita della maggior parte delle donne» dice «tutto, anche il dolore più grande, porta alla messa in prova d'un abito nuovo.»

Lei si volta, lasciando cadere il tessuto. Sa d'avere sbagliato, cedendo tanto facilmente alla vanità, e tuttavia gli chiede: «Perché?».

«Non sono parole mie» egli si affretta a rispondere in tono di scusa, ansioso di farsi perdonare. «Sono di Proust. Sono divertenti, non volevo proprio offenderti. Ti prego. Non essere triste, non essere triste.»

Ma lei è triste. «È proprio vero» dice con la poca ironia di cui è capace. «La messa in prova d'un abito nuovo. Dovrebbe tuttavia essere un abito da vedova.»

È doloroso tutto questo, ma anche meschino, lo

sanno entrambi. Lui si porta verso il pianoforte, tocca qualche libro, tanto per far qualcosa. Anche il ritratto di lei tocca, così splendida e giovane dentro la cornice d'argento, perfettamente ricettiva nell'espressione, le si addice qualsiasi sentimento le si voglia attribuire, purché abbia una sfumatura di malinconia. In fondo, non è mai stata allegra. Neanche quando faceva l'amore. «È stato uno sbaglio farti venire» lui dice. «Ma ormai il rapido non lo prendi più. E tra poco arriveranno i ragazzi, mi sorprende che non siano già qui.» Parla composto, sforzandosi di riprendere un difficile controllo. Vuol essere duro dentro di sé, non lasciare posto a stupide debolezze. Raccoglie il prezioso tessuto, comincia a ripiegarlo, pur consapevole che questa è faccenda più adatta a lei che non a se stesso. Ma lei sta sempre ferma e avvilita, sembra incapace d'altro, e anche questo finisce per irritare. «Ricordati che devi andartene senza fare storie, quando sarà il momento» egli dice. «Non sopporto le storie. Davanti ai ragazzi, poi. Sarebbe intollerabile. Mi stimano, i ragazzi, pensano che sia chissà chi, mi credono al disopra degli altri uomini. Non potrei permettere ad una donna come te, una donna da poco tutto sommato, la mantenuta d'un miliardario in parole povere, una che gli fa pure le corna quando capita...» S'interrompe, smarrito, senza più forza d'andare avanti. Anche quella è una strada sbagliata, più sbagliata delle altre. Ha finito di ripiegare il tessuto, lo riavvolge nella sua carta, non molto bene si capisce, ma fa quel che può. E lei se ne sta ferma, voltando le spalle allo specchio, guardando il pavimento per non guardare altro. «Ti scongiuro» egli le dice. «Ti scongiuro, di' qualcosa, fa' qualcosa di sbagliato. Ho bisogno di odiarti, capisci. Se arrivo ad odiarti, non farò tanta fatica senza di te.»

Lei ora alza il viso, e sicuramente non lo odia né lo disprezza. «Lasciami morire insieme» dice.

Lui le si avvicina. Posa il pacco del tessuto sul divano, le prende il viso tra le mani. «Facendo così non mi aiuti» dice. «Non è che non ti credo. Però non serve a niente.»

«Cosa» lei dice, e poiché lui tarda a spiegare cosa mai non serva a niente, gli prende le mani e gliele bacia. «Le tue mani» dice.

Ormai sono così vicini e uniti che non possono fare a meno di baciarsi, un altro bacio con un'accresciuta voglia di esaurirsi e di finire, le labbra di lei dischiuse subito arrese, dolci e fresche da sentire, ogni sensibilità concentrata nella bocca, non corpo né sesso, e neppure cancro in testa, solo anima con perduto bisogno di santità e naturalmente di eternità, e si perde anche il senso di quanto ciò effettivamente duri. Ma d'un tratto suonano il campanello da sotto, e il miracolo subito finisce. Egli va a premere il pulsante che apre il portone sulla calle. Torna verso di lei, un po' sorridente, un po' triste. «Peccato» dice. «Questa volta forse ce l'avremmo fatta a far l'amore. Non ti avevo mai baciata così bene. Comunque, non è poi tanto necessario, almeno per me.»

Lei non dice nulla, lo guarda, come trasferendosi in lui.

E lui ancora sorride, o almeno tenta di farlo. «Hanno quattro piani di scale da fare» dice. «Ci vuole tempo. Cos'hai da dirmi? Più niente?»

«Ti amo.»

«Non dire a Giorgio che m'hai visto. Non dirgli niente di me, neanche quando capiterà.»

«Va bene.»

«Poi, quando sarà cresciuto, gli farai sentire il concerto, se farò in tempo a registrarlo. Gli dirai che mentre suonavo pensavo a lui. A lui e a te.» Ormai il tempo è passato, sulle scale si sentono passi e voci. Dice ancora: «Ricordi la prima cosa che t'ho detto stamattina? Grazie che sei venuta. Tentavo di far lo spiritoso, ma non sai quant'ero sincero».

«Ho paura d'averti fatto più male che bene.»

«M'hai fatto bene.»

Ora i ragazzi sono sul pianerottolo, si sente che scherzano e ridono, il campanello suona.

« Credo che riuscirò ad andarmene con dignità » egli dice avviandosi per aprire. « È stupido, ma è un modo d'avere meno paura. Tu mi hai aiutato, e mi aiuterai, quando ti penserò. »

Apre, e i ragazzi entrano, allegri, coi loro vestiti quasi eguali, ragazzi e ragazze, pullover e jeans, alcuni portano i loro strumenti chiusi negli astucci. E salutano, entrando. Dicono, educatamente: « Buonasera, professore ». E a lei, senza molta meraviglia: « Buonasera, signorina ».

Lui ora è completamente composto, il volto nobile, come si conviene ad un genio, sia pure non ancora realizzato. Li presenta pronunciando il loro nome a mano a mano che entrano: « Giovanni, Federico, Antonia, Guglielmo, Roberto, Giuseppe, Sofia, Luigi, un altro Giuseppe, Guido, Giulio, Caterina, Vincenza, Ignazio, Sergio, Filippo, Mariuccia, Camillo ». E conclude, accennando a lei: « Mia moglie ».

Camillo s'è fermato, sorridente, guardandola. Ha i capelli lunghi, una faccia senza sesso, benché la bocca sia troppo grande. « Sì, sua moglie » dice divertito. E a lei: « Non gli badi, sa, signorina. Il professore scherza sempre ».

Lui ride, con simpatia. « La cosa più difficile è farsi credere quando si dice la verità » osserva.

Anche lei sorride. « Chissà quante mogli gli avrai presentato finora. »

«Sette od otto, non ricordo bene» fa lui scherzando.

I ragazzi vanno rapidamente al loro posto, i tecnici agli apparecchi, gli altri dietro i leggii. Estraggono dagli astucci viole e violini, li accordano, in un accumularsi disordinato di stridori.

Lui prende il piccolo libro che gli è caro, l'Ecclesiaste, e lo porta a lei ch'è rimasta in piedi presso la porta, senza saper che fare, sentendosi superflua, essendoci i nuovi venuti. Anche lui è del tutto cambiato, dopo l'arrivo dei ragazzi, sicuro di sé, disinvolto, cerca perfino di conformarsi alla loro allegria. Ma con lei, appartato presso la porta, è subito un altro, pretende una sorta di complicità dolorosa. «Tieni» dice porgendole il volume «te lo regalo.» E ad un timido cenno di rifiuto da parte di lei, aggiunge: «Prendilo. Domani me ne compro un altro». E ancora insiste, apparendo lei come indecisa: «È un libro piccolo ma infinito. In qualsiasi punto lo apri, trovi qualcosa che ti si addice. Facciamo la prova?».

La presenza dei ragazzi si sente, nonostante tutto, e lei sta lì malcerta nella complicità che pur vorrebbe dare. Lui ha aperto il libriccino, davvero a caso si direbbe, e scorre con lo sguardo la pagina, finché sorride, soddisfatto. Gli è capitato qualcosa che si addice, bene o male. E legge: «*L'amore, l'odio, la gelosia che avevano - Spariti*

- *E non c'è più non ci sarà mai più - Qualcosa di loro - Nella totalità delle azioni - sotto il sole - Va' - mangia contento - il tuo pane - E bevi con cuore allegro il tuo vino - Perché quello che fai - è voluto da Dio...* ».

La voce d'un ragazzo ignaro arriva ad interromperlo: «Noi siamo pronti, professore».

Egli si volta per rispondere: «Sì, subito». Torna a guardarla, non leggendo, ma sicuramente citando a memoria: «*Bianca sia la tua veste in ogni tempo - E non manchi di unguenti la tua testa*». Così dicendo le mette il libriccino tra le mani, senza che lei trovi il modo di fare o dire nulla.

Aveva preso il suo oboe dall'astuccio sopra il pianoforte ed era andato a collocarsi, in piedi, al centro del semicerchio di ragazzi e ragazze in attesa coi loro strumenti accordati e pronti. Stettero così qualche attimo cercando concordemente raccoglimento. Poi, pacato, rassicurante, aveva detto: «Comincerei con una prova, se non vi dispiace».

«Io però registrerei anche la prova» propone il ragazzo che sta nella cabina.

«D'accordo» lui dice.

Ora è immobile, fisso in una concentrazione apparentemente senza sforzo. Il concerto è una cosa concreta, può stare nel giro del suo limitato futuro. È bene aggrapparsi alla musica o alla poesia, cercare un rapporto con l'arte, non con lei. La morte è un fatto solitario, non si può morire insieme, se non nel senso che tutto e tutti devono morire, e ci si trova in una città dove ciò è più che altrove evidente. Fa un cenno al ragazzo nella cabina, per dirgli che si può cominciare.

E dalla cabina il ragazzo, con una voce fin troppo seriamente professionale, dice le parole che già vengono incise: « Anonimo Veneziano. Concerto in Re Minore per oboe ed archi. Secondo movimento: Adagio. Registrazione prova. Al cinque dal via, partenza ». Un attimo di sospensione e poi: « Via! ».

È sempre immobile, ma teso, ora, ad occhi chiusi, sentendo ogni sguardo su di sé. Mentalmente conta i cinque tempi dal via. È un periodo magico, tuttavia fatto solo d'attenzione, del resto un lungo studio ed esercizio è stato fatto, e l'emozione è semplicemente marginale, si potrebbe perfino dire occasionale qualora si potesse metterla in relazione con la presenza di lei, e la cosa non è affatto sicura. Comunque passano i cinque lunghissimi tempi, e infine lui fa un appena percettibile cenno col capo, e gli archi cominciano perfettamente, all'unisono. Un pianissimo che viene crescendo in accordi cadenzati, mentre lui sta già con l'oboe alle labbra e al momento giusto attacca, le note tristi cominciano ad uscire dallo strumento nella lentezza dovuta, insieme strazianti e pacificatrici, tirate su di una purezza di suono e di ispirazione che finisce per arrivare oltre ogni incertezza e peccato e malattia, e ciò per un miracolo di necessità, come se le cose date non potessero essere che così, cioè appartenessero comunque ad un ordine che sta al disopra della casualità degli eventi e del vivere. In questo modo lotta, sempre ad occhi chiusi, contro la sua paura della paura.

Ma poi apre gli occhi e li fissa su di lei che sta affascinata vicino alla porta, con in mano il libriccino e il pacco del vestito da regina, pronta per una partenza per sempre differita, rapportata ad un tempo che probabilmente non è destinato a passare, se un'emozione legata ad un suono e ad un sentimento può pervenire ad una sua eternità.

Ma ecco che le note dell'oboe si fanno insicure, distorte, e i ragazzi lo guardano increduli, qualcuno smette di suonare, e anche lui subito smette. Ha di nuovo gli occhi chiusi, il volto contratto nello sforzo di dominare l'emozione. Ciò che stava suonando, non era solo dolore per la morte di un uomo, era disperata rassegnazione per la morte d'una città e forse di tutto ciò che è vissuto. In una desolazione tanto vasta e perfetta, non c'è posto per piccole storie personali. Quando riapre gli occhi su di lei, è sufficientemente sicuro, riesce a parlare con la voce quanto basta ferma. «Penso che dovresti andare» dice. «Il treno non aspetta nessuno.»

Lei ha un attimo d'incredulità, sembra quasi che accenni a dire di no con la testa, ma poi raccoglie ogni sua forza ed esce in fretta, senza più guardarlo, ed è bene che così sia, per tutti e due.

Ora lei se n'è andata e lui torna a guardare i suoi ragazzi, e bisogna ridare loro fiducia, perché la cosa accaduta è stata assai sconveniente. Ma lui ce la fa a sorridere. «Scusatemi» dice. Li guarda ad uno ad uno, Giulio, Caterina, Sergio, Ignazio e via via tutti gli altri, fino a Marcello che tiene tra le gambe divaricate un enorme violoncello. Hanno fiducia in lui e lo sguardo basta a rassicurarli circa una debolezza che non si ripeterà.

«Sono pronto» dice, e rifà il cenno verso il ragazzo della cabina. E il ragazzo della cabina rimette in moto il registratore e ripete le parole destinate a rimanere incise, stereotipate fin che si vuole, ma cariche di certezza: «Anonimo Veneziano. Concerto in Re Minore per oboe ed archi. Secondo movimento: Adagio. Registrazione prova. Al cinque dal via, partenza. Via!».

Di nuovo sono lì, immobili nella breve ed interminabile attesa, e più facile è la concentrazione, dato che l'estranea è andata via. Al suo cenno gli archi cominciano, dapprima appena percettibili, poi più sicuri nei lenti accordi d'attesa. E lui attacca, la nota ferma, seguita con necessità e precisione dalle altre, nell'antico concerto che dice la rassegnata disperazione per la morte di un uomo, e forse d'una città, e forse anche di tutto ciò che è già vissuto abbastanza.

INDICE

Presentazione di Giuseppe Berto   5

Cronologia di *Anonimo Veneziano*   9

Prefazione all'edizione 1976   21

ANONIMO VENEZIANO   27

BUR
Periodico settimanale: 11 maggio 2005
Direttore responsabile: Rosaria Carpinelli
Registr. Trib. di Milano n. 68 del 1°-3-74
Spedizione in abbonamento postale TR edit.
Aut. N. 51804 del 30-7-46 della Direzione PP.TT. di Milano
Finito di stampare nell'aprile 2005 presso
Legatoria del Sud - via Cancelliera, 40 - Ariccia RM
Printed in Italy

ISBN 88-17-00643-2